우리고전 **100선 22**

용재총화

우리고전 **100선** 22

용재총화

2016년 1월 25일 초판 1쇄 발행

편역	강혜규
기획	박희병
펴낸이	한철희
펴낸곳	돌베개
편집	이경아
디자인	이은정
디자인기획	민진기디자인
표지그림	전갑배(일러스트레이터, 서울시립대학교 시각디자인대학원 교수)

등록	1979년 8월 25일 제406-2003-000018호
주소	(413-756) 경기도 파주시 회동길 77-20 (문발동)
전화	(031)955-5020
팩스	(031)955-5050
홈페이지	www.dolbegae.co.kr
전자우편	book@dolbegae.co.kr

ⓒ 강혜규, 2016

ISBN 978-89-7199-708-6 04810
ISBN 978-89-7199-250-0 (세트)

우리고전 100선 22

용재총화

성현 지음·강혜규 편역

돌베
개

지금 세계화의 파도가 높다. 현재 진행되고 있는 세계화는 비단
'자본'의 문제이기만 한 것이 아니라, '문화'와 '정신'의 문제이기도
하다. 그 점에서, 세계화에 어떻게 대응할 것인가 하는 것은 우리
의 생존이 걸린 사활적(死活的) 문제인 것이다. 이 총서는 이런 위
기의식에서 기획되었으니, 세계화에 대한 문화적 방면에서의 주체
적 대응이랄 수 있다.

생태학적으로 생물다양성의 옹호가 정당한 것처럼, 문화다양
성의 옹호 역시 정당한 것이며 존중되지 않으면 안 된다. 그럼에도
세계화의 추세 속에서 문화다양성은 점점 벼랑 끝으로 내몰리고
있는 것처럼 보인다. 하지만 문화적 다양성 없이 우리가 온전하고
행복한 삶을 살 수 있겠는가. 동아시아인, 그리고 한국인으로서의
문화적 정체성은 인권(人權), 즉 인간 권리의 문제이기도 하기 때문
이다. 그래서 우리 고전에 대한 새로운 조명과 관심의 확대가 절실
히 요망된다.

우리 고전이란 무엇을 말함인가. 그것은 비단 문학만이 아니
라 역사와 철학, 예술과 사상을 두루 망라한다. 그러므로 일반적
으로 알려져 있는 것보다 훨씬 광대하고, 포괄적이며, 문제적이다.

하지만, 고전이란 건 따분하고 재미없지 않은가? 이런 생각의
상당 부분은 편견일 수 있다. 그리고 이런 편견의 형성에는 고전을
연구하는 사람들에게 큰 책임이 있다. 시대적 요구에 귀 기울이지
않은 채 딱딱하고 난삽한 고전 텍스트를 재생산해 왔으니까. 이런

점을 자성하면서 이 총서는 다음의 두 가지 점에 특히 유의하고자 한다. 하나는, 권위주의적이고 고지식한 고전의 이미지를 탈피하는 것. 둘은, 시대적 요구를 고려한다는 그럴듯한 명분을 내세워 상업주의에 영합한 값싼 엉터리 고전책을 만들지 않도록 하는 것. 요컨대, 세계 시민의 일원인 21세기 한국인이 부담감 없이 '쉽게' 접근할 수 있는, 그러면서도 품격과 아름다움과 깊이를 갖춘 우리 고전을 만드는 게 이 총서가 추구하는 기본 방향이다. 이를 위해 이 총서는, 내용적으로든 형식적으로든, 기존의 어떤 책들과도 구별되는 여러 모색을 시도하고 있다. 그리하여 고등학생 이상이면 읽고 이해할 수 있도록 번역에 각별히 신경을 쓰고, 작품에 간단한 해설을 붙이기도 하는 등, 독자의 이해를 돕고자 하였다.

특히 이 총서는 좋은 선집(選集)을 만드는 데 큰 힘을 쏟고자 한다. 고전의 현대화는 결국 빼어난 선집을 엮는 일이 관건이자 종착점이기 때문이다. 이 총서는 지난 20세기에 마련된 한국 고전의 레퍼토리를 답습하지 않고, 21세기적 전망에서 한국의 고전을 새롭게 재구축하는 작업을 시도할 것이다. 실로 많은 난관이 예상된다. 하지만 최선을 다해 앞으로 나아가고자 한다. 그리하여 비록 좀 느리더라도 최소한의 품격과 질적 수준을 '끝까지' 유지하고자 한다. 편달과 성원을 기대한다.

박희병

성현(成俔, 1439~1504)의 『용재총화』(慵齋叢話)는 정치·경제·역사·외교·문화·예술 전반에 대해 기술한 조선 전기의 수필집이다. 이 책은 조선 시대 선비들의 애독서였으며, 일본으로 유입되어 일본 문인들에게도 많이 읽혔다. 그만큼 『용재총화』는 조선 사회를 알려 주는 교양서이자 지적인 교훈과 웃음을 주는 고전이었다.

성현은 조선 초기의 문신으로 세종 연간에 태어나 세조, 예종, 성종, 연산군 네 임금을 차례로 모시며 높은 벼슬에 올랐다. 그는 문학과 예술 전반에 걸쳐 당대 최고 수준의 안목을 지닌 비평가였다. 또한 계층을 막론하고 다양한 인간의 이야기에 깊은 관심을 갖기도 했다. 특히 서민의 생활을 면밀히 관찰하고 시정(市井)과 거리의 풍문, 설화를 많이 기록했다. 게다가 그는 국내외 정세에 대해 방대한 지식과 뛰어난 통찰력을 지닌 외교관이었다. 무엇보다 그는 긍정적인 사고방식과 유머 감각을 지닌 이야기꾼이었다.

『용재총화』는 성현이 죽기 전 마지막으로 저술한 책으로 그의 평생에 걸친 견문과 지식을 담고 있다. 예술 평론, 민간의 풍속, 조정과 민간의 일화, 소화(笑話) 등 경전이나 역사책에서는 볼 수 없는 이야기들이 실려 있다.

이 책에서는 『용재총화』의 다양한 이야기들을 일곱 개의 장으로 나누어 실었다. 먼저 남녀 간의 애절한 사랑 이야기를 담았다. 그리고 역사책에서 볼 수 없는 인물의 일화 및 점잖고 근엄해 보이는 사대부의 이면을 엿볼 수 있는 이야기를 담았으며, 호기(豪氣)

가 넘치는 영웅과 지사(志士)의 일화, 백성의 해학이 담긴 민담과 소화(笑話), 오싹하고도 가엾은 귀신 이야기를 담았다. 마지막으로 우리나라 역사와 풍속 이야기를 담았다.

현대는 개인이 매체가 되어 다양한 이야기와 정보를 유통하고 수집하는 시대다. 이야기를 수집한 성현의 열정은 온라인과 술자리에서 끊임없이 이야기를 풀어 놓는 우리의 모습으로 이어진다. 이야기를 하고 싶고 듣고 싶은 욕망은 시대를 초월한다. 『용재총화』를 읽다 보면, 체면을 차리고 글만 읽었을 법한 선비들도 이야기에 웃고 울고 감동을 느꼈다는 것을, 그들도 우리와 다르지 않았다는 것을 깨닫게 된다. 우리는 어느새 이들의 이야기판에 앉아 이들의 이야기에 귀를 기울이며, 깔깔대며 허리를 잡고 웃고, 가슴 깊이 감동받아 눈물을 흘리게 된다. 그리하여 이들과 우리 사이에 놓인 수백 년의 격차는 그만 사라져 버리게 된다.

시대를 넘어 웃음과 눈물, 감동을 주는 고전을 맛보고 싶은 이들에게, 또 새로운 고전을 창조해 내고 싶은 이들에게 이 책이 도움이 되기를 희망한다.

2016년 1월
강혜규

차례

004   간행사
006   책머리에

231   해설
242   성현 연보
245   작품 원제
249   찾아보기

안생의 사랑

019 안생의 사랑

024 원나라 여인의 절개

027 충선왕의 연꽃 한 송이

029 첫눈에 반한 이 장군

033 김생과 대중래의 연분

039 함부림과 전주 기생

041 눈이 부은 박생

052 홀아비 두 정씨

어우동

057 어우동

060 희극 배우 영태

062 피리와 박연의 인연

064 박이창의 자살

067 만사 대범 홍일동

069 뭐든지 '님' 자를 붙인 자비승

071 고기 먹는 승려 신수

075 매사냥을 좋아한 안원

말 도둑질 장난

079   말 도둑질 장난

081   강원도 여행

089   다섯 마리의 뱀 꿈

092   벌레가 담긴 편지

094   꼴찌 놀리기

096   성균관 유생의 풍자시

099   부원군과 녹사

101   임금을 몰라본 최지

103   장원 급제

105   윤통의 속임수

110   자운아의 품평

호랑이 쫓은 강감찬

117 　호랑이 쫓은 강감찬

120 　최영의 붉은 무덤

122 　이방실 남매의 용맹

125 　하경복의 죽을 고비

127 　강릉을 지킨 이옥

128 　박안신의 배포

130 　너그러운 황희 정승

131 　강직한 선비 정갑손

133 　정몽주의 절개

135 　김수온의 문장

바보 사위

143 　바보 사위

145 　점쟁이 따라 하기

147 　바보 형과 영리한 동생

150 　세 친구의 내기

152 　소경과 유생

154 　세상에서 가장 기이한 광경

156 　미녀와 추녀

158 　상좌의 스승 속이기 1

160 　상좌의 스승 속이기 2

163 　물 건너는 중 꼬락서니

귀신 나오는 집

169   귀신 나오는 집

171   귀신 쫓은 우리 외할아버지

174   뱀이 된 승려

176   외갓집 귀신

179   귀신의 장난

181   귀신이 된 고모님

182   비구니의 복수

184   도깨비불에 놀란 외삼촌

186   이름난 점쟁이들

190   무덤을 파헤친 벌

191   도깨비와의 눈싸움

불꽃놀이

195   불꽃놀이

198   처용놀이

201   정월 대보름 약밥

203   우리나라 명절

207   서울의 명소

211   우리나라 음악가

215   우리나라 화가

217   우리나라 문장가

220   세종의 한글 창제

221   일본의 풍속

224   북방 여진족의 풍속

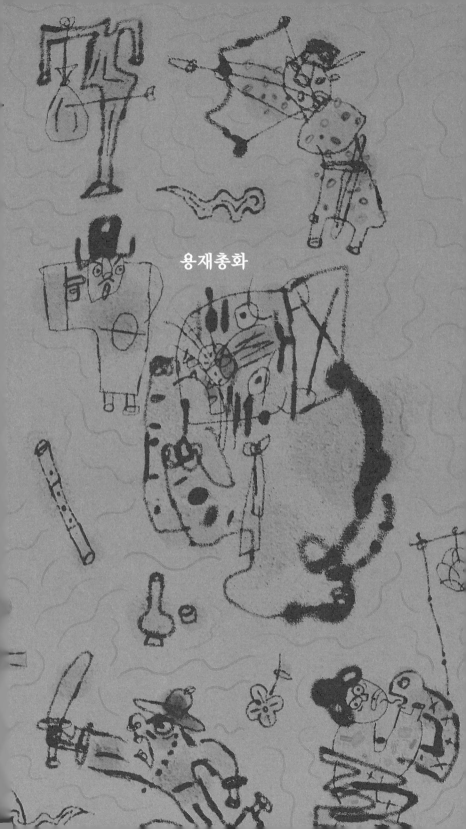

용재총화

안생의 사랑

안생의 사랑

안생(安生)은 한양의 명문가 자제였다. 그는 성균관(成均館)에 이름을 걸어 두었지만, 비단옷 차림에 좋은 말을 타고 매일 놀러 다녔다. 그는 일찍이 아내를 잃고 혼자 살았는데, 도성 동쪽에 미인이 있다는 말을 듣게 되었다. 그 여인의 집안은 부유했고, 그녀는 그 당시 정승의 여종이었다. 안생은 많은 재물을 보내어 청혼했으나 거절당했다. 그런데 마침 안생이 병에 걸리고 말았다. 중매쟁이는 그것을 상사병이라고 떠들면서 여인의 마음을 흔들어 결국 혼인을 성사시켰다.

여인은 열일고여덟 살쯤 되었으며 자태가 아리따웠다. 두 사람은 부부 관계가 좋아 살뜰한 마음이 나날이 깊어 갔다. 안생은 젊고 풍채가 의젓해 이웃 사람들이 부러워했고, 여인의 집안도 좋은 사위를 얻었다며 기뻐했다. 여인의 집에서는 아침저녁으로 푸짐한 밥상을 차려 주었고 집안 재산의 반 이상을 안생에게 주었다. 그러자 다른 사위들이 안생을 시기해 정승에게 이렇게 하소연했다.

"장인이 새로 사위를 맞은 뒤로 집안의 재산을 거덜 내는 바람에 날이 갈수록 점점 가난해지고 있습니다요."

정승이 노하여 말했다.

"내 허락도 없이 양가(良家)의 사위를 들였단 말이냐? 톡톡히 버릇을 고쳐 놓아야 다른 놈들도 정신을 차릴 테지."

정승은 즉시 사나운 종 여러 명을 불러 여종과 그 아비를 잡아들이게 했다. 그때 안생 부부는 함께 밥을 먹고 있다가 갑자기 일을 당해 어쩔 줄 몰라 울면서 서로 떨어지지 않으려고 양손을 꽉 붙들 뿐이었다.

안생의 아내는 잡혀간 뒤로 정승의 집에 갇혀 나올 수 없었다. 담은 높고 문은 겹겹으로 닫혀서 안팎이 완전히 막혀 있었기 때문에 어쩔 도리가 없었다. 안생은 처가(妻家)와 함께 돈을 마련하여 정승 집의 하인과 문지기에게 뇌물로 주고 밤중에 담을 넘어 아내를 만났다. 또 정승의 집 옆에 있는 작은 가겟방을 사서 몰래 아내를 만나는 장소로 삼았다.

하루는 처가에서 아내에게 붉은 신 한 켤레를 보냈는데, 아내가 신을 아끼면서 계속 만지작거렸다. 안생이 장난 삼아 말했다.

"당신은 이 고운 신을 신고서 누구와 행복하게 지내려 하시오?"

아내가 정색을 하며 대답했다.

"서로 약속한 말이 눈앞에 선한데 당신은 어찌 그런 말씀을 하셔요?"

그러고는 차고 있던 작은 칼을 끌러 신을 갈기갈기 찢었다.

또 하루는 아내가 흰 적삼을 짓고 있는데 안생이 전처럼 실없는 말을 했다. 아내는 바로 얼굴을 가리고 울면서 말했다.

"내가 그대를 저버린 게 아니라, 그대가 나를 저버린 것이어요."

그러더니 적삼을 수챗구멍에 처박아 버렸다. 안생은 아내의 지조에 감동하여 아끼고 사랑하는 정이 더욱 깊어졌다. 이때부터 부부는 항상 밤에 만나고 새벽에 헤어졌다.

그런 지 몇 달 만에 정승이 안생 부부가 몰래 만난다는 걸 전해 듣고 크게 화를 내며 아내가 없는 하인에게 그 여인을 시집보내기로 했다. 여인은 선선히 말했다.

"일이 이 지경까지 이르렀는데, 내가 무슨 절개를 지키겠어요?"

그러고는 혼례에 쓸 물품을 손수 장만하고 정승 집의 사람들을 불러 잘 대접했다. 사람들은 모두 여인이 재혼할 것이라 생각했다. 어떤 사람은 여인이 신의가 없는 사람이라고 여겨 미워하기까지 했다. 그날 저녁, 여인은 몰래 다른 방으로 가서 목매달아 죽었다. 안생은 이런 사정을 까맣게 몰랐다.

이튿날 안생이 자기 집에 있는데, 어린 종이 와서 말했다.

"아씨가 오셔요."

안생이 신을 거꾸로 신고 문밖으로 달려 나가자, 그 종이 갑자기 말했다.

"아씨가 어젯밤 돌아가셨습니다."

안생은 웃으면서 종의 말을 믿지 않고 무슨 뜻으로 그런 말을 했는지도 묻지 않았다. 그가 아내와 만나던 가게에 도착해 보니, 방 한가운데 침상이 놓여 있고, 그 위에 아내의 시신이 홑이불로 덮여 있었다. 안생은 목 놓아 울며 가슴을 쳤다. 이웃 중에 그 통곡 소리를 듣고 따라 울지 않는 사람이 없었다.

이때 비가 많이 내려 물이 불어나는 바람에 서울 동쪽 지역의 통행이 막혔다. 안생은 손수 장례용품을 다 준비하여 아내의 빈소를 차리고 아침저녁으로 제사를 지냈다. 그는 통 자지 못하다가 밤이 깊어 깜박 잠이 들었다. 그때 아내가 밖에서 들어왔는데 살아 있을 때의 모습과 똑같았다. 안생이 일어나 막 아내에게 말을 걸려던 차에 잠이 깼다. 방 안을 둘러보았지만 창은 고요하고 종이 장막이 바람에 펄럭이며 외로운 등불이 깜박거릴 뿐이었다. 안생은 비명을 지르며 까무러쳤다가 얼마 뒤에 깨어났다.

사흘 뒤 구름이 흩어지고 날이 갰다. 안생은 달빛을 받으며 자기 집으로 돌아갔다. 혼자 걸어서 수강궁(壽康宮: 창경궁의 별전別殿) 동문까지 오니 이미 밤이 깊어 2경(밤 9시에서 11시 사이)을 알리는 북소리가 들렸다. 홀연 한 여인이 곱게 단장하고 머리 높이 쪽을 찌고는 안생과 앞서거니 뒤서거니 걸어갔다. 안생이 바싹 다가가 보니 말하는 소리가 생전의 아내와 꼭 같았다. 그는 크게 소리를 지르고 달음질쳐서 강가에 이르렀는데, 여인이 또 와서 옆에 앉았다. 안생은 돌아보지도 않고 걸어가 집에 이르렀다. 여인은 또 문 앞에 와 앉았다. 그가 큰 소리로 집의 하인들을 불렀다. 그러자 여인은 모탕의 움 사이로 몸을 숨겨 버렸고, 마침내 아무것도 보이지 않았다. 그 후 안생은 정신이 온전치 않아 바보 같기도 하고 미친 사람 같기도 했다. 보름 뒤에 예(禮)를 갖추어 아내를 장사 지내고 얼마 지나지 않아 안생도 죽었다.

아내의 죽음이 비극적이기에 귀신의 출현이 무섭기보다는 애처롭다. 귀신을 보고 다가갔다가 도망치는 안생의 모습이 인간적으로 그려졌다. 『청파극담』(靑坡劇談)이라는 책에도 같은 이야기가 실려 있는데, 안생은 안윤(安崙)이고 정승은 정현조(鄭顯祖, 1440~1504)라 했다. 정현조는 정인지(鄭麟趾)의 아들로, 세조의 부마였다. 안생의 아내가 순순히 재혼하는 척한 것은 주위 사람들이 방심한 틈에 자살하기 위해서였다. '모탕'은 곡식이나 물건을 땅바닥에 놓거나 쌓을 때 밑에 괴는 나무토막을 말한다.

원나라 여인의 절개

고려 임금들은 원(元)나라 공주를 왕비로 삼는 경우가 많았다. 원나라에서도 사신을 보내 고려 선비들의 딸을 요구해서 왕족의 후궁이나 대신(大臣)의 부인으로 삼았다. 조반(趙胖)의 누이도 원나라에 가서 승상의 부인이 되었다. 조반이 젊은 시절에 누이를 따라갔는데, 누이의 집에 매우 아름답고 지혜로운 여종이 있었다. 조반은 그 여종을 첩으로 삼아 원나라에 눌러 살았다. 이들 부부가 서로 아끼고 사랑하는 정은 비익조(比翼鳥)와 연리지(連理枝)에도 비길 수 없었다.

하루는 부부가 함께 사랑채에서 잠을 자고 있었다. 한밤중에 집 안에서 소란스러운 소리가 들렸지만 부부는 단잠에 빠져 있던 터라 무슨 일이 일어났는지 몰랐다. 아침에 일어나 보니 온 집이 텅 비어 있었다. 이웃 사람에게 들으니 황제가 상도(上都)로 피란을 갔고, 승상 부부도 그 뒤를 따라갔다고 했다. 이미 반란군이 북경 가까이에 진을 쳤고 곧 쳐들어올 거라 했다. 도성의 주민들이 전부 황급히 처자식의 손을 이끌고 남으로 북으로 분주히 피란을 떠났다. 두 사람은 어찌할 바를 몰랐다. 그때 갑자기 승상 댁에서 부리던 어린 하인이 헐레벌떡 돌아왔다. 그 하인이 말했다.

"황제의 수레가 어찌나 빨리 떠났는지, 따라갈 수 없었습니다."

조반이 말했다.

"상도는 너무 멀어 갈 수 없다. 오히려 고려가 더 가까우니 지금 출발하면 우리 세 사람이 빨리 도착할 수 있을 게다."

드디어 집 안을 뒤져 곡식 몇 말을 찾아서 자루에 담고, 말 한 필에는 하인이 타고 또 다른 한 필에는 조반과 여인이 함께 타고 길을 떠났다. 길을 가던 중에 하인이 말했다.

"이렇게 전쟁으로 소란스러운 때에 미녀를 끼고 다니다가 도둑이라도 만나는 날이면 우리 모두 살아날 방법이 없습니다. 여인을 버리고 가야 합니다."

여인은 울부짖고 몸부림을 치면서 살아도 같이 살고 죽어도 같이 죽자고 했다. 조반 또한 여인과 차마 헤어질 수 없었다. 부부는 서로의 옷소매를 잡고 떨어지지 않으려 했고, 두 눈에서 흐르는 눈물이 옷깃 가득 고였다. 옆에 있던 사람들까지 모두 따라 울었다. 그러나 조반은 위급한 상황을 생각해 결국 여인을 떼 놓고 떠났다. 여인은 울며 따라왔다. 해가 저물어 조반이 숙소에서 쉬고 있노라면 여인 또한 그곳으로 찾아왔다. 여인은 사흘 밤낮을 쉬지 않고 걸어 두 발이 모두 부르터 걸을 수 없는데도 기를 쓰고 따라왔다. 강가에 다다르니 높은 누각이 있었다. 여인이 홀연 몸을 돌려 누각으로 올라갔다. 조반은 여인이 쫓아오기를 단념하고 높은 곳에 올라 자신이 가는 길을 바라볼 것이라 생각했다. 그가 그 누각을 돌아다보는 순간, 여인이 누각 밑의 못으로 갑자기 몸을 던져 사라져 버렸다.

조반은 원래 여인의 재주와 용모를 사랑했는데, 이때에 이르러 여인의 절개에 더욱 감복했다. 그는 하인과 함께 무사히 고려로 돌아왔다. 조반은 늘그막까지 그 당시의 일을 말하며 슬퍼하곤 했다.

여인은 비록 죽었지만 조반(1341~1401)의 마음속에 평생 살아남았다. '비익조'는 전설상의 새 이름이다. 눈 하나와 날개 하나를 가지고 있어 암수 두 마리가 서로 짝을 지어야만 날 수 있다고 한다. '연리지'는 두 나무의 가지가 서로 맞닿아 이어서 자라는 것을 의미한다. 비익조와 연리지는 사랑하는 남녀 사이를 비유하는 말이다.

충선왕의 연꽃 한 송이

충선왕(忠宣王)이 오랫동안 원나라에 머물 때, 사랑하는 여인이 있었다. 왕이 고려로 돌아갈 때 그 여인이 따라오자 왕은 연꽃 한 송이를 꺾어 주며 돌려보냈다. 왕은 아침저녁으로 밀려오는 그리움을 못 이겨 이제현(李齊賢)더러 여인에게 가 보라고 했다. 이제현이 가서 보니, 여인은 다락에 누워 며칠 동안 식음을 전폐하고 있었다. 여인은 말을 제대로 할 수 없어 억지로 붓을 들어 시 한 수를 썼다.

떠나실 제 주신 연꽃
처음엔 붉은빛이 선명했지요.
가지에서 꽃이 진 지 며칠이려나?
사람과 똑같이 초췌하군요.

이제현이 돌아와서 아뢰었다.

"그 여인은 젊은 사내와 술 마시고 놀기 바빠서, 제가 아무리 찾아보아도 만날 수 없었사옵니다."

왕은 매우 괴로워하며 땅에 침을 뱉었다.

이듬해 왕의 생일이 되었다. 왕에게 술을 바치러 나갈 때가 되자 이제현은 뜰 아래 엎드려 죽을죄를 지었다고 아뢰었다. 왕이 그 이유를 묻자 이제현은 여인의 시를 바치고 당시의 일을 고했다. 왕은 눈물을 흘리며 말했다.

"그 당시에 내가 이 시를 보았더라면, 죽을힘을 다해 원나라로 돌아갔을 것이오. 그대가 나를 위해 거짓말을 했으니, 진정 충성스러운 마음이라 하겠소."

충선왕(1275~1325)은 즉위한 지 7개월 만에 원나라에 의해 강제로 퇴위당하고 10년 동안 원나라에 유폐되었다. 이후 고려로 돌아와 왕위에 올랐지만, 두 달 만에 원나라로 돌아가 버렸다. 고려의 신하들이 수차례 귀국하기를 간청했으나 왕은 원나라에 그대로 머물러 있었다. 사랑하는 여인과 억지로 헤어졌던 아픔 때문에 고려에 남아 있기 어려웠던 것이 아닐까 생각된다.

첫눈에 반한 이 장군

장군 이(李) 아무개는 젊고 재주가 뛰어나며 풍채가 옥처럼 빼어났다. 하루는 말을 타고 큰길을 지나가는데, 길거리 앞에 스물두세 살 정도로 보이는 여인이 있었다. 미모가 보통이 아니었다. 여인은 여종 몇 명을 데리고 소경에게 점을 보고 있었다. 장군이 여인을 끊임없이 바라보자 여인 또한 장군을 사모하는 표정을 지으며 장군의 눈을 응시했다. 장군은 병사를 시켜 여인의 집을 알아보게 했다. 여인은 점을 다 본 뒤에 말을 타고 여종들과 함께 남문(南門)으로 들어가 사제동(沙堤洞)으로 향했다. 여인의 집은 동네의 가장 높은 곳에 있는 큰 집이었다.

이튿날 장군은 사제동으로 가서 동네를 돌아다녔는데, 마침 동네 안에 활 만드는 장인(匠人)이 있었다. 장군은 무인(武人)이라 활 만드는 장인과 금방 친해져 매일같이 이야기를 나누었다. 장군이 사제동의 여러 집에 대해 차례차례 물어보니, 장인이 하나하나 대답했다. 또 장군이 언덕의 큰 저택에 누가 살고 있느냐고 묻자 장인이 말했다.

"아무 정승의 따님인데 최근에 과부가 되었습니다."

장군은 오가는 사람이 보일 때마다 장인에게 그들이 사는 곳을 물었다. 하루는 한 어린 여종이 불을 빌리러 왔는데, 장인이 장군에게 말했다.

"저 여종은 과부댁 사람입니다."

장군이 이 사실을 알고 나서 바로 다음날이 되자마자 장인에게 사정을 말했다.

"그 여종이 좋아 잊을 수가 없네. 만일 그대의 도움으로 여종과 맺어진다면 앞으로 무슨 일이든 그대의 말을 따르겠네."

장인이 그 여종을 불러 장군의 말을 전하고 돈과 옷감을 주니, 여종이 마침내 승낙했다. 장군이 여종에게 말했다.

"널 매우 좋아하지만, 먼저 마음에 둔 여인이 있구나. 네가 내 말을 들어준다면 넉넉히 사례하마."

"일단 사정을 말씀해 보세요."

"최근에 네 주인을 큰길에서 만난 뒤로 마음이 들떠 음식을 먹어도 달게 느껴지지가 않는단다."

"그건 매우 쉬운 일이지요."

"어떻게 하면 되겠느냐?"

"내일 황혼 녘에 주인댁으로 오시면 제가 나가서 모시겠습니다."

장군이 약속대로 갔더니 여종이 나와 반갑게 맞이했다. 여종은 자기 방에 장군을 들인 뒤에 장군에게 주의를 주었다.

"서두르지 말고 참고 기다리세요."

문이 닫히고 자물쇠가 채워졌다. 장군은 두려워서 혹시 여종이 자기를 속인 것이 아닌가 의심했다. 잠시 후에 규방에서 등불이 켜지고 소란스러운 소리가 들리는데, 여주인이 측간에 가는 소리 같았다. 이때 여종이 내려와 장군을 데리고 여주인의 방으로 들어갔다. 여종은 장군에게 다시 주의를 주었다.

"참고 또 참으세요. 참지 않으면 일이 틀어질 겁니다."

장군은 캄캄한 방에 들어가 있었다. 얼마 뒤에 등불이 켜지고 소란스러운 소리가 나더니 여주인이 들어오고 여러 여종이 모두 물러갔다. 여인은 적삼을 벗고 세수를 하고 분을 발랐다. 얼굴이 희고 깨끗했다. 장군은 '나를 맞이하려나 보구나'라고 생각했다. 여인은 몸을 단장하고 청동화로를 가져다가 고기를 굽고 은 사발에 술을 데웠다. 장군은 '나를 대접하려나 보구나'라고 생각했다. 장군은 나가고 싶었지만, 여종이 참으라고 한 말이 갑자기 생각나서 그대로 앉아 기다렸다.

얼마 뒤에 누군가가 여인의 방 창문에 모래를 뿌렸다. 여인이 일어나서 창문을 여니 거들먹거리는 장부가 들어왔다. 장부는 여인을 안고 희롱했다. 장군은 낙담하여 밖으로 나가고 싶었지만 어쩔 도리가 없었다. 잠시 후에 장부와 여인이 나란히 앉아 고기를 먹고 술을 마셨다. 장부가 두건을 벗으니 늠름하게 생긴

중(僧)이었다. 장군은 중을 제압할 수 있겠다고 생각하여 주변에 있던 긴 밧줄 한 묶음을 찾아 손에 쥐었다. 중과 여인이 나란히 눕자 장군이 갑자기 뛰쳐나와 밧줄로 중을 기둥에 묶고 몽둥이로 마구 때렸다. 중은 엉엉 울었다. 장군은 여인과 사랑을 나눈 뒤에 중에게 말했다.

"내가 진영(陣營)에서 예식을 치르고자 하는데 네가 그 비용을 부담할 수 있겠느냐?"

"분부대로 하겠습니다."

중은 예식에 쓸 물품을 준비해 주었다. 그 뒤로 장군은 여인의 집을 왕래했고, 여인도 장군을 사랑하여 수년이 지나도록 두 사람의 애정이 변하지 않았다.

당시 승려의 타락상과 사대부 여성의 자유분방한 남성 편력을 볼 수 있는 이야기다. 또한 사통 현장이 발각된 여인이 수동적으로 장군의 말을 따른다는 점에서, 그 당시 여성 의식의 한계와 남성의 일방적인 시선이 나타나 있다.

김생과 대중래의 연분

김생(金生)이 일 때문에 영남에 내려가던 도중, 경주에 들렀다. 경주 사람들이 기생 한 명을 김생에게 바치자 김생은 그 기생을 데리고 불국사에 갔다. 기생은 어려서 아직 남자를 알지 못했다. 그녀는 김생을 강하게 거부하다가 한밤중에 달아나서 어디로 갔는지 알 수 없었다. 사람들은 모두 기생이 짐승에게 물려 간 것이 아닐까 생각했는데, 이튿날 찾아보니 기생은 맨발로 달아난 것이었다. 김생은 자신의 뜻대로 되지 않은 것을 애석해했다.

김생이 밀양(密陽)에 이르러 병마평사(兵馬評事) 김종직(金宗直)을 만나 기생이 도망친 사정을 얘기했더니, 김종직이 이렇게 말했다.

"내가 데리고 있는 기생의 동생으로 '대중래'(待重來)라는 아이가 있는데, 꽤 아리땁고 성격도 얌전하다오. 내가 그대를 위해 중매를 서 보리다."

하루는 김종직이 영남루(嶺南樓)에서 잔치를 베풀었다. 수많은 기생이 잔치 자리에 앉아 있는데, 그 가운데 한 기생이 특히 아리따워 이름을 물어보니 바로 김종직이 말한 대중래였다. 김생은 시선을 돌리지는 않았지만 마음이 온통 그쪽으로 쏠려 상에 가득 차려진 진수성찬이 무슨 맛인지 알지 못했다. 잔치를 베푼 주인과 손님이 서로 술잔을 주고받을 때 김생도 일어나 잔을 돌렸다. 김종직이 대중래를 불러 잔을 받들고 김생에게 가 보라고 했다. 김생이 기뻐서 씩 웃으며 만족하는 기색을 보였다.

그날 밤 김생은 망호당(望湖堂)에서 대중래와 함께 밤을 보냈다. 그 뒤로 김생은 대중래를 깊이 사랑하여 그 옆에서 잠시도 떨어지지 않았다. 낮에도 방문을 닫고 휘장을 내린 채 이불 속에서 일어나지 않았다. 김종직이 김생을 만나 보려고 밥상을 차려 방에 찾아가도 그를 만나지 못한 지가 며칠이 되었다. 결국 김종직이 김생이 있는 방의 문을 밀치고 들어가니, 김생은 대중래를 안고 누워 서로 손발을 꼬고 있다가 이렇게 말하는 것이었다.

"자네가 원망스럽네."

두 사람은 몸에 온통 글자를 써 놓았는데 모두 사랑을 맹세하는 말이었다.

그후 김생이 여러 고을을 순행했지만 마음은 항상 대중래가 있는 밀양에 있었다. 하루는 윤자영(尹子濚)과 김해(金海)에서 밀양으로 돌아오며 말 머리를 나란히 했는데, 장승만 보이면 병졸을 불러 밀양까지 몇 리나 남았는지 알아보게 했다. 또 채찍을 자주 쳐서 말을 빨리 달리게 하면서도 오히려 너무 늦다고 재촉했다. 문득 아득한 들판 사이로 멀리 누각의 모습이 희미하게 보였다. 김생이 병졸에게 물었다.

"저기가 어디냐?"

"영남루입니다."

김생은 기쁨을 이기지 못하고 활짝 웃었다. 윤자영이 이를 두고 시를 지었다.

넓은 들판은 푸른 봉우리를 가로지르고
높은 누각은 흰 구름에 기댔네.
길가에 장승이 있으니
관문(關門)이 가까워지는 걸 기뻐하노라.

김생이 밀양에 열흘 넘게 머물자 김종직은 일정이 너무 오래 지체되는 것을 우려해 영남루에서 송별 잔치를 열어 주었다. 김생이 어쩔 수 없이 밀양을 떠나며 성 밖에서 대중래와 이별했다. 이별할 때 김생은 대중래의 손을 꼭 잡고 놓지 않은 채 그저 목메어 울 뿐이었다. 한 역(驛)에 도착하여 밤이 깊었건만 김생은 도저히 잠을 이룰 수 없었다. 그는 뜰을 서성이다 눈물을 흘리며 역졸에게 말했다.

"차라리 여기서 죽을지언정 이대로 한양으로 돌아갈 수는 없다. 네가 날 다시 대중래와 만날 수 있게 해 준다면 죽어도 여한이 없겠다."

역졸은 김생의 처지를 딱하게 여겨 그의 말을 따랐다. 김생은 하룻밤에 수십 리를 달려 날이 밝아 올 때쯤 밀양에 도착했다. 김생은 다시 돌아온 것이 남들에게 알려질까 부끄러워 밀양 관아에 들어가지 못하고 은대(銀帶: 관원이 차던 띠)를 역졸에게 맡긴 뒤에 평민들이 입는 흰옷으로 갈아입었다. 마을 울타리 안으로 들어서니 우물가에 물을 긷는 노파가 있었다. 김생은 노파에게 물었다.

"대중래의 집이 어딘가?"

"저기 다섯 번째 집이라오."

"날 알아보겠소?"

노파는 김생을 한참 동안 본 뒤 대답했다.

"알겠어요. 나리는 지난가을에 세금을 걷으러 오신 어르신 아니에요?"

김생은 돈주머니를 풀어 노파에게 넘겨주면서 이렇게 말했다.

"이번엔 세금을 걷으러 온 게 아니고, 다른 일 때문에 왔네. 날 위해 대중래에게 가서 내가 왔다고 말 좀 전해 주게."

"대중래는 지금 본남편인 박생(朴生)과 함께 자고 있어요. 그러니 갈 수 없지요."

"대중래의 얼굴을 볼 수 없더라도 소식만이라도 들으면 족하이. 그러니 자네가 가서 대중래에게 내 뜻을 전해 주면 후하게 보답함세."

노파가 대중래의 집에 가서 김생의 말을 전했다. 대중래는 머리를 긁적이며 말했다.

"원수가 따로 없네. 뭘 이렇게까지 할까?"

박생이 말했다.

"그를 욕보이는 법을 모르는 게 아니야. 하지만 그는 선배이고 나는 유생(儒生)이니, 후배가 선배를 욕보일 수는 없지. 그러니 내가 피해 주지."

그러고는 몸을 피했다.

김생이 대중래의 집에 들어가자, 관아에서 이를 알고 은밀히 그 집에 쌀과 밑반찬을 보내 주었다. 김생이 며칠 동안 그곳에 머무니 대중래의 부모가 이를 싫어하여 둘을 쫓아 버렸다. 두 사람은 대나무 숲 사이에 들어가 서로 끌어안고 통곡했다. 이웃 사람들이 그 소리를 듣고 술을 가져다가 두 사람을 대접했다.

김생이 대중래를 데리고 역으로 떠나려고 하는데, 말이 세 마리뿐이었다. 한 마리에는 김생이 타고, 또 한 마리에는 이부자리와 장롱을 싣고, 마지막 한 마리에는 김생을 수행하는 역졸을 태우기로 했는데, 결국 역졸의 말을 빼앗아 대중래에게 활과 화살을 차고 말에 타게 한 뒤, 역졸은 뒤따라 걸어오게 했다. 역졸은 가죽신이 무거워 계속 걸을 수가 없었다. 그래서 끈으로 신을 꿰어 말의 목에 걸었다. 역졸은 역에 돌아오자 관모(官帽: 역졸의 모자) 넣는 상자를 섬돌에 내던지며 말했다.

"수많은 사람을 만나 보았지만, 저렇게 여자를 밝히는 자는 생전 본 적이 없네."

김생이 한양에 돌아온 지 몇 달 뒤에 아내가 죽었다. 김생은 아내의 관을 실어 상주에 가서 장사 지내고 곧장 밀양으로 향했다. 유천역(榆川驛: 밀양에 있는 역)에 이르러 이런 시를 지었다.

> 향기로운 바람이 고개 위의 매화에 부는데
> 내 님의 편지는 기다려도 오지 않네.
> 흰 달빛 아래 밀양 이십 리
> 고운 임은 어디서 내가 다시 오길 기다리나.

이때 경상도 감사(監司) 김상국(金相國)이 대중래를 사랑했는데, 김생이 밀양에 도착했다는 소식을 듣고 그에게 대중래를 양보했다. 김생은 대중래를 데리고 한양에 돌아왔다. 나중에 김생은 승지(承旨)에 임명되어 벼슬이 높아지고 녹봉이 많아졌다. 대중래는 아들 둘을 낳고, 결국 정실부인이 되었다.

'대중래'(待重來)는 임이 다시 오기를 기다린다는 뜻이다. 김생이 지은 시의 마지막 구절 '고운 임은 어디서 내가 다시 오길 기다리나'(玉人何處待重來)는 '고운 님 대중래는 어디에 있나'라는 의미도 함께 가지고 있다. '영남루'는 밀양의 유명한 누각으로 진주의 촉석루(矗石樓), 평양의 부벽루(浮碧樓)와 함께 조선의 3대 누각으로 꼽힌다.

함부림과 전주 기생

함부림(咸傅霖)은 젊을 때 화류계에서 이름을 날렸다. 그러나 벼슬길에 오른 뒤로는 하는 일마다 성심을 다해 잘 처리했다. 마침내 그는 이름난 정승이 되어 공을 많이 세우고 공신에게 주어지는 작위를 받았다.

함부림은 호남 감사를 지내면서 일 처리를 잘한다는 명성을 얻었다. 임기를 끝내자 대사헌(大司憲)에 임명되었다. 당시 함부림은 전주의 한 기생을 사랑해서 그 기생과 이별하기가 매우 어려웠다. 그래서 그는 은밀히 기생에게 자신의 호패(號牌)를 주고 몰래 밤에 따라오게 했다. 그날 저녁, 기생이 고을 수령에게 하직하고 떠나고자 했다. 당시 전주 수령은 이언(李堰)이었다. 이언은 청렴하고 성질이 급했다. 기생이 하직하는 걸 보고 그는 몹시 화를 내며 말했다.

"대사헌이 기생을 끼고 갈 리가 있느냐? 어디서 거짓을 아뢰느냐!"

기생이 대사헌의 호패를 내보이며 말했다.

"공께서 말씀하시길 관아에서 믿지 않는다면 이 호패를 증거로 삼으라 하셨습니다."

이언이 땅에 침을 뱉고 크게 꾸짖어 말했다.

"나는 함부림이 절개 있는 선비라고 생각했는데, 지금 보니 정말 저급한 인간이구나."

당시 사람들은 모두 함부림의 진솔한 성품을 좋아하고 이언의 조급한 성격을 비웃었다.

함부림이 나이가 들어 병이 났다. 딸만 하나 있었는데 딸이 먼저 죽었고 또 그가 음악과 여색(女色)을 좋아하지 않아 첩을 두지 않았다. 결국 집안일을 돌볼 사람이 없어 식사를 거르는 일이 잦았다. 함부림과 옛정이 있던 의녀(醫女)가 그 소문을 듣고 즉시 달려왔다. 함부림은 남루한 옷을 입고 부들자리에 길게 누워 있었는데, 하인 한 명만 곁에서 모실 뿐이었다. 의녀가 말했다.

"공 같은 호걸이 어째서 이 지경에 이르셨습니까?"

함부림은 아무 말 없이 물끄러미 바라보며 눈물을 흘렸다.

함부림(1360~1410)이 풍류를 즐기던 젊은 시절과 쓸쓸한 노년이 대비되고 있다. 함부림은 조선의 개국 공신으로 동원군(東原君)에 봉해졌다. 대사헌은 법을 관장하는 사헌부(司憲府)의 으뜸 벼슬이다. 함부림이 기생에게 밤에 몰래 따라오게 한 것은 당시 법으로 관기(官妓)를 사사로이 데려갈 수 없기 때문이었다.

눈이 부은 박생

을사년(1485)에 박생(朴生)이 나를 따라 명(明)나라 북경에 갔다. 박생은 사람됨이 가식이 없고 순진했으며, 용모와 행동거지는 촌스러웠다. 처음 평양에 도착했을 때 고을 수령이 기생들을 많이 거느리고 배 안에서 사신 행렬을 맞이했다. 박생은 기생들의 미모에 눈이 부셔 똑바로 바라볼 수 없었다. 고개를 숙인 채 가만히 엿보니 유독 아름다운 기생 하나가 뱃머리에 앉아 있었다. 박생이 그 기생을 가리키며, 함께 간 성룡(成龍)에게 말했다.

"자네는 이곳 수령의 조카 아닌가? 날 위해 일을 성사시켜 준다면 반드시 후하게 보답하겠네."

박생이 숙소에 도착하여 자기 방에 들어가서는, 과연 어느 기생이 방에 들어올까 하는 생각에 정신이 팔렸다. 얼마 뒤에 어떤 기생이 장막을 걷고 들어왔는데, 바로 뱃머리에 앉아 있던 그 기생이었다. 박생은 기뻐서 어쩔 줄 몰라 하며 혼잣말로 중얼거렸다.

"성룡이 도와주지 않았다면, 어찌 가능했겠나?"

박생은 기생을 아끼고 사랑하는 마음이 깊고 두터워서 잠시도 그 곁을 떠나지 않았다. 심지어 기생이 측간에 갈 때도 반드시 따라갔다. 박생은 기생의 주머니 속에서 쪽지 편지를 찾아냈는데, 기생의 기둥서방이 보낸 것이었다. 그럼에도 박생은 싫은 내색 없이 도리어 기생을 더욱 아꼈다. 새벽마다 기생의 짧은 두루마기를 벗겼다가 다시 입히면서 말했다.

"이것도 사신 행렬을 따라다니는 재미로구나."

떠나는 날이 되자 박생은 기생을 데리고 가려고 안장을 얹은 말까지 준비했지만, 기생은 틈을 엿보아 도망쳐 버렸다.

순안(順安)에 이를 때까지 박생은 멍하니 넋이 빠진 듯 있더니 또 주막에 있는 예쁜 여자를 보고는 온갖 계책을 써서 방 안으로 끌어들였다. 그런데 그 여자도 박생이 취한 틈을 타서 도망가고 말았다. 박생이 술이 깨었을 때 한 여자가 박생의 방 앞을 지나가고 있었다. 박생은 처음의 예쁜 여자라고 생각하여 방에 데려와서 함께 밤을 보냈다. 새벽이 되어 여자의 얼굴을 보니 코가 소반만큼 커서 전에 본 여자와는 영 딴판이었다. 박생은 황급히 소리를 질렀다.

"이건 아니잖아!"

숙녕관(肅寧館)에 이르자 고을에 사람이 많고 물색(物色)이 화려했다. 사신단을 맞이하기 위해 수십 명의 기생이 술상을 차려 놓고 둘러앉아 있었다. 박생은 숙천(肅川) 부사(府使)의 사촌 동생이라 부사의 위세를 빌려 미녀를 얻고는 매우 아끼고 사랑했다. 그날은 하늘이 흐렸는데 박생은 여인의 등을 어루만지며 이렇게 말했다.

"내일 비가 내리면 일행이 머물 수 있을 텐데. 부디 하늘은 제 마음을 헤아려 장맛비를 퍼부어 주소서."

그러고는 훌쩍거리며 크게 한숨을 쉬었다.

다음날, 박생이 대청마루에서 아침밥을 먹으면서, 부사에게 기생이 옷을 세탁할 수 있도록 휴가를 주라고 청했다. 부사가 기생에게 며칠의 휴가를 주니 박생이 말했다.

"사촌 동생에게 어찌 이리도 박하십니까?"

부사가 어쩔 수 없이 몇 달의 휴가를 주었다. 박생은 다른 사람에게 말을 빌려 기생을 태우고는 안주(安州)를 향해 갔다. 숙천 사람들이 이를 보고 말했다.

"중국에 가는 사신 행차가 1년에 세 번 왕래할 때마다 사신을 수행하는 사람들이 수두룩했으니 우리가 겪어 본 사람이 셀 수 없이 많았지. 하지만 이렇게 음란하고 경박한 사람은 본 적이 없어. 분주하게 내달리는 것이 꼭 미친 개 같군."

안주에 도착해서 하루를 머무는 새에 기생에 대한 박생의 사랑은 더욱 두터워졌다. 안주를 떠날 무렵 기생을 숙천으로 돌려보내려 하는데, 마침 기생이 데려온 하인이 말안장을 잃어버렸다. 기생은 울며 박생에게 소리쳤다.

"내가 당신 따라 여기까지 온 건 당신 덕을 보려는 것이었는데, 덕을 보기는커녕 이렇게 나쁜 일이 생겼어요."

기생은 쉬지 않고 박생을 욕하고 꾸짖었다. 박생은 멍하니 서서 어쩔 줄을 몰랐다.

가평관(嘉平館)에 이르러 박생은 관비(官婢) 중에 어여쁜 이를 보고 하인에게 말했다.

"내가 임신년에 이곳에 공무를 보러 왔을 때 저 아이를 사랑했으니 꼭 불러다오."

관비는 그 말을 믿고 박생 앞으로 와서 얼굴을 자세히 보더니 이렇게 말했다.

"임신년에 어느 분을 따라오셨나요? 저는 나리 얼굴을 뵌 적이 없습니다."

그러고는 소매를 뿌리치고 가 버렸다. 박생은 다른 여자를 얻어 함께 잤다.

정주(定州)의 달천교(獺川橋)에 이르자 목사(牧使)가 나와 사신 행렬을 맞이하고 술자리를 마련했다. 박생이 한 기녀를 불러 앞으로 나오게 하고 말했다.

"너는 이륙(李陸)이라는 분을 아느냐?"

"모릅니다."

"너는 노공필(盧公弼)이라는 분을 아느냐?"

"모릅니다."

박생은 급히 앞으로 가서 기생의 손을 잡고 말했다.

"네가 이 두 분을 모른다면 꼭 내 방으로 와라."

이 말을 듣고 동행한 사람들이 박생을 속여, "이곳 목사가 아끼는 여자요"라고 말하자 박생이 결국 기생을 놓아주었다.

또 박생은 기생 벽동선(碧洞仙)이 아름답다는 말을 듣고 온갖 방법을 다 동원해서 얻었다. 그러자 동행한 사람들이 박생의 음란하고 더러운 행동을 미워하여 그를 속이려고 했다. 고을의 유생(儒生) 중에 어리고 외모가 빼어난 '명효'(明孝)라는 자가 있었는데, 그에게 분을 바르고 단장하여 대청마루의 기생들 사이에 앉히니 아름다운 눈에 자태가 단아해 진짜 기생인지 아닌지 알 수 없을 지경이었다. 박생이 명효를 보고, "천하에 둘도 없는 미인이다!"라고 하고는 급히 앞으로 다가가 손을 잡고 서쪽 방으로 데려가려고 했다. 명효가 짐짓 뿌리치자 박생은 꾸짖기도 하고 달래기도 했다. 나이 든 기생이 등불을 들고 앞에서 인도하며 박생에게 말했다.

"이 아이는 아직 남자를 상대하지 않았으니, 천천히 가르치셔야지 성급하게 욕보이시면 안 됩니다."

박생은 방으로 들어와 명효의 허리를 안고는 귀에 입을 대고 속삭였다.

"네가 내 말을 순순히 따른다면 먹고살 걱정은 없게 해 주마."

성룡이 와서 말했다.

"목사께서 술자리를 베풀어 우리를 위로하려 하시는데 자네가 일찍 쉬러 가면 되겠나. 기생을 데리고 가서 술자리에 끼는 게 좋겠네."

박생이 명효의 손을 꼭 잡고 술자리로 돌아오자 목사가 명효를 꾸짖었다.

"너는 관청에 매인 몸이거늘 손님에게 순종하지 않았으니 그 죄가 태형에 해당하렷다!"

아전은 형틀을 가져다 놓고 명효를 끌어내렸다. 박생은 달려나와 무릎을 꿇고 두 손을 모아 목사에게 애걸했다.

"이 아이가 제 말에 순종하지 않은 일이 없습니다. 모두 말을 전한 이의 잘못입니다. 만일 저 때문에 이 아이가 죄를 얻는다면 도리어 저를 더욱 심하게 책망하시는 것입니다."

목사가 명효를 용서해 주자 명효는 술잔을 받들고 박생에게 가서 이런 노래를 불렀다.

오늘 처음 만났는데
내일 도로 이별일세.

애초에 만나지 않았더라면

누군지 몰랐을 것을.

박생은 명효의 등을 어루만지고 껄껄 웃으며 말했다.

"어찌 이리도 불손하게 이런 노래를 부르느냐. 내가 기생들을 보니, 너와 비견할 만한 미인이 없더구나. 내가 널 버리고 누구를 찾겠느냐?"

술자리가 끝난 뒤 방에 들어와 박생은 명효를 붙잡고 희롱하길 그치지 않았다. 그때 벽동선이 박생 옆에 앉아 있었는데 박생이 성룡더러 이렇게 말했다.

"내가 절세미인을 얻었으니, 이 기생 따위는 볼 것도 없네. 자네가 빨리 데리고 나가게."

박생의 종이 창밖에 와서 말했다.

"이자가 기생인 줄 아십니까? 어찌 그렇게 어리석어 기생인지 아닌지도 깨닫지 못하십니까?"

박생이 종을 꾸짖었다.

"네놈이 뭘 안다고 나서느냐?"

얼마 뒤에 박생이 명효의 옷을 벗기고 함께 누워서야 비로소 명효가 남자인 줄을 알고 놀라 일어나서 아무 말도 하지 못했다.

이튿날 사신 행차가 고을을 떠날 때 명효가 남자 옷을 입고 박생을 따라가 술잔을 주니 박생이 모르는 척하고 말에 오르려고 했다. 명효가 박생의 옷깃을 붙잡아 당기면서 말했다.

"밤새도록 정답게 지낸 것은 내 생계를 마련하기 위해서였습니다. 그런데 이제 와서 어떻게 이리도 쉽게 버리십니까? 너무 무정하십니다."

주위의 여러 사람이 모두 웃었다.

의주(義州)에 도착했다. 의주는 본래 사람이 많고 물산(物産)이 풍부하여 평양과 비슷한 곳이다. 한 어린 여종이 있었는데, 이름이 '말비'(末非)였다. 박생이 말비를 보고 어여쁘게 여겨 만나보려고 했지만 일이 성사되지 않았다. 박생이 관리 배(裵)씨에게 말했다.

"자네가 이 고을에서 내 일을 성사시켜 준다면 목숨을 바쳐 그 은혜에 보답하겠네."

"이 여종들은 각각 주인이 있으니, 우리 마음대로 할 수 없습니다. 고을의 관원에게 말하는 것이 낫습니다."

박생은 즉시 판관(判官)에게 달려가 청했다. 판관이 말비를 불러 타일렀지만, 말비는 말을 듣지 않았다. 말비가 박생의 방 앞에 있었는데, 박생은 자신의 옷에 달려 있던 옥으로 만든 노리개를 풀어 말비의 옷에 매어 주고 웃으면서 말했다.

"내 물건을 받았으니, 마땅히 내 말을 따라야지."

그날 밤 박생과 말비는 동침했다. 말비는 비록 박생을 사랑하는 마음이 없었지만, 후에 재물을 얻고자 갖은 방법으로 애교를 부렸다. 박생은 말비의 애교에 마음이 모두 녹아 버려 좋은 짝을 얻었다고 생각했다. 이튿날 말비가 박생에게 말했다.

"관가는 번잡하고 소란스러우니 제 집에 가서 거친 밥에 나물일망정 함께 먹는 게 좋겠어요."

박생은 말비의 손을 잡고 그녀의 집에 갔다. 이른 아침에 조밥과 아욱국을 올리니 박생이 맛있게 먹고 하나도 남기지 않았다. 박생이 집을 떠난 지 오래되어 봉두난발에 얼굴에는 때가 덕지덕지 끼었다. 말비가 물을 데워 몸소 얼굴을 씻겨 주고 머리를 빗겨 주니 박생이 더욱 좋아했다. 박생은 숙소로 돌아와 여러 사람에게 말했다.

"말비의 집만큼 넉넉한 집과 말비처럼 지혜롭고 영리한 아이는 내 평생 본 적이 없다네."

강가에 이르러 이별할 적에 박생은 말비를 안고 모래사장에 누워 울다가 조약돌을 쪼개어 각각 이름을 써서 나누어 가졌다. 박생은 옷소매에 그 돌을 매어 놓고 보물처럼 여겨 잃어버리지 않았다. 박생이 연경(燕京)에 머무는 수개월 동안 말비 이야기가 입에서 떠난 적이 없었다. 돌아오는 길에 요동(遼東)에 들렀는데, 말비가 사신 행렬을 마중하러 온 무리에 낀 제 오라비 말산(末

山) 편에 박생에게 줄 웃옷을 보냈다. 박생이 즉시 웃옷을 어깨에 걸치고 동행들에게 으쓱거리며 말했다.

"이건 내가 사랑하는 아이가 보낸 선물이라오."

박생이 의주에 도착하자 말비는 중국 물건을 갖고 싶어서 더욱 아양을 부렸다. 박생은 전보다 갑절이나 말비를 사랑하여 많은 물건을 주었다. 마침 말비의 집에서 제사를 지내자, 말비가 박생에게 말했다.

"집에 건어물이 없으니, 나리께서 좀 얻어 올 수 있겠어요?"

박생은 판관을 만나 건어물을 얻어 몸소 말비의 집에 가져갔다. 그는 무릎을 꿇고 제삿술을 받아 흔쾌히 마시고는 말했다.

"나는 이 집의 주인 영감이니 마시지 않을 수 없지."

임반관(林畔館)에 도착하여 이별하려 할 적에, 박생은 말비의 손을 잡고 방에 들어가 술을 찾아 서로 한 잔씩을 마셨다. 말비는 박생의 옷을 잡고 박생은 말비의 손을 잡은 채 서로 붙들고 통곡했다. 시간이 지체되자 동료들이 두 사람을 힘껏 떼어 놓았다. 박생은 말비가 따라올까 걱정이 되어 급히 달려 나오는 바람에 잘못해서 남의 말을 잡아 거꾸로 탔다. 보던 사람들이 모두 손뼉을 치며 웃었지만 말에 올라탄 박생의 두 눈에서는 눈물이 비처럼 방울져 떨어졌다. 계곡에 이르러 아침밥을 먹는데 동료가 식사를 권해도 박생은 전혀 돌아보지 않았다. 그는 오직 머리를 숙이고 계곡만 바라보고 있었다. 동료가 물었다.

"자네 울고 있나?"

박생이 대답했다.

"아닐세. 물속의 고기를 보고 있는 거네."

모자를 벗겨 보니 두 눈이 모두 퉁퉁 부어 있었다.

박생의 추태와 망신이 우스꽝스럽다. 이 일화를 통해 당시 명나라로 파견된 사절단의 폐단을 볼 수 있다. '숙녕관'은 평안남도 숙천군(肅川郡)에 있던 사신의 숙소이고, '가평관'은 평안북도 박천군(博川郡)에 있던 사신의 숙소이며, '임반관'은 평안북도 선천군(宣川郡)에 있던 사신의 숙소다. 박생이 기생에게 이륙(1438~1498)과 노공필(1445~1516)을 아는지 물어본 것은, 이 두 사람이 당대 세력가였기 때문이다. 이 두 인물이 아끼는 기생이 아니라면 자신이 취해도 된다고 여긴 것이다.

홀아비 두 정씨

정생(鄭生)이 부인상을 당한 뒤, 남원(南原)에 부유한 과부가 있다는 소문을 듣고 후처(後妻)로 들이려 했다. 중매를 보내 혼인 날을 정한 다음 정생이 먼저 관아에 도착해 혼례 물품을 준비했다. 그사이에 과부가 여종을 보내 정생의 풍모와 행동거지를 살펴보게 했다. 여종이 돌아와 아뢰었다.

"수염이 길고 덥수룩한데다 머리에는 털모자를 썼으니, 늙은 병자인 게 틀림없어요."

과부가 말했다.

"내가 젊은 사내를 얻어 만년을 즐겨 보려 했는데 그런 늙은 것을 어디에 쓴단 말이냐?"

관청의 관리들이 혼인을 축하하기 위해 휘황찬란하게 등불을 켜고 정생을 둘러싼 채 과부의 집으로 갔다. 하지만 과부가 문을 잠그고 들이지 않아 정생은 결국 들어가지 못하고 되돌아왔다.

또 악관(樂官)인 정(鄭) 아무개 역시 늘그막에 부인상을 당한 뒤 부잣집 딸을 첩으로 삼으려 했다. 혼인하는 날에 정 악관이 부잣집에 가니, 집에는 그림 병풍을 치고 방 전체에 자줏빛 담요를 펼쳐 놓았으며 방 한가운데에 비단 요를 깔아 놓았다. 정 악관은 자리에 앉아서 부인을 잘 얻었다고 생각했다. 그때 부인 될 여인이 그를 엿보고 말했다.

"아이고! 일흔 살 아니면 예순 살은 넘었겠네!"

여인은 탄식을 하며 인상을 찌푸렸다. 밤이 되어 정 악관이 여인에게 다가가자 여인이 크게 꾸짖었다.

"어디 늙은이가 내 방에 들어와! 팔자 사납게 생긴 데다가 목소리도 듣기 싫네!"

여인은 곧바로 방문을 밀치고 나가 버려, 간 곳을 알 수 없었다.

한 선비가 이 일을 희롱하며 시를 지었다.

늘그막에 부인 얻겠다고 야단이니
두 정씨의 풍류가 마찬가지로구나.
좋은 인연 만들려다 도리어 악연 되었으니
이럴 바엔 차라리 홀아비가 낫지.

18세기의 문장가 연암(燕巖) 박지원(朴趾源, 1737~1805)은 「광문자전」(廣文者傳)에서 광문의 입을 통해 "예쁜 얼굴은 모두가 좋아하지. 하지만 남자만 그러는 게 아니라 여자도 마찬가지야!"라고 했다. 정씨가 과부의 부유함에 눈독을 들인 만큼 과부 역시 젊은 사내를 바랐으니, 혼인이 이루어질 리 만무하다.

어우동

어우동

어우동(於于同)은 승문원(承文院)의 관리 박 선생의 딸이다. 자색(姿色)이 빼어나게 아름답고, 집안은 부유했다. 그러나 성품이 음탕하여 행실을 단속하는 법이 없었다. 왕족인 태강수(泰江守) 이동(李仝)의 아내가 된 뒤에도 여전히 음탕하여, 이동이 어우동의 행실을 제어할 수 없었다. 한번은 이동이 젊고 풍채가 훤한 공인(工人)을 불러 은그릇을 만들게 했다. 어우동은 공인을 좋아해서, 남편이 나간 뒤에 여종의 옷을 입고 공인 옆에 앉아 은그릇을 참 정교하게 만든다고 칭찬했다. 그러다가 공인을 자신의 방으로 끌어들여 날마다 마음껏 음탕한 짓을 하다 남편이 돌아오면 몰래 숨겼다. 그러다 결국 남편이 자세한 사정을 알게 되어 어우동을 내쫓았다. 이때부터 어우동은 꺼릴 것 없이 자기 마음대로 행동했다.

어우동을 따르던 여종도 자색이 고왔다. 여종은 저녁마다 옷을 곱게 차려입고 나가서 미소년을 데려와 어우동에게 바치고 자기도 다른 소년을 데려와 밤을 보내곤 했다. 달빛이 비치는 봄밤에는 어우동과 여종 두 사람이 정욕을 못 이겨 도성을 두루 돌아다니다가 마음에 드는 남자가 있으면 새벽이 되어서야 집에 돌아왔다. 집에서는 두 사람이 밤새 어디에 있었는지 알지 못했다.

두 사람은 길가에 집을 빌려서 오가는 사람을 점찍었다. 여종이 "이 사람은 젊고 저 사람은 코가 크니 아씨께 바칠 만해요"라고 말하면, 어우동은 또 "이 사람은 내가 갖고 저 사람은 네게 주마"라고 대답했다. 둘이서 이렇게 희롱하는 말을 주고받지 않는 날이 없었다.

어우동은 또 왕족인 방산수(方山守) 이난(李瀾)과 정을 통했는데, 이난은 젊고 성품이 호탕하며 시를 잘 지었다. 어우동은 이난을 사랑하여 자기 집에 맞아들이고는 부부처럼 지냈다. 하루는 이난이 어우동의 집에 갔는데 마침 그녀는 꽃구경을 가서 돌아오지 않았고 보랏빛 저고리만 병풍 위에 걸려 있었다. 이난은 시를 지어 그 저고리에 적어 놓았다.

물시계 소리에 밤기운이 맑고
흰 구름 걷히니 달빛이 밝네.
한적한 방에 향기 남아 있으니
오늘 밤 꿈속의 정을 그릴 수 있으리.

그 외에도 어우동은 조정의 관리나 유생 중에 젊고 방탕한 자를 맞아들여 음란한 행실을 무수히 저질렀다. 조정에서 이러한 상황을 알고 조사하여 고문을 받은 자도 있고, 벼슬이 박탈되거나 먼 곳으로 귀양 간 자도 수십 명이었는데, 어우동과 음란한 행실을 저지른 자들을 모두 밝혀내지 못해 형벌을 면한 자도 매우 많았다. 의금부(義禁府)에서 임금에게 어우동의 죄를 아뢰자 임금은 신하들에게 어우동의 형벌을 의논하게 했다. 모두 법에 따르면 그 죄가 사형까지는 이르지 않고 먼 곳으로 유배 보내는 것이 적합하다고 했다. 그러나 임금은 풍속을 바르게 하기 위해 어우동을 사형에 처하도록 명령했다. 사형이 집행되던 날 어우동이 감옥에서 나오자 여종이 수레에 올라 어우동의 허리를 안고 말했다.

"아씨, 정신을 잃지 마셔요. 이번 일이 없더라도 이보다 더 큰일이 있을지 어찌 알겠어요?"

그 말을 들은 사람들이 모두 웃었다. 여인으로서 행실이 더러워 풍속을 어지럽히긴 했지만, 양반가의 딸로 사형을 받게 되었으니, 그 처지를 딱하게 여겨 길에서 눈물을 흘리는 자도 있었다.

당시 임금은 성종(成宗)이었다. 이 당시 수청을 들지 않아 매를 맞은 수원 기생이 이렇게 말했다. "어우동은 음란한 짓을 좋아해 벌을 받았는데 나는 음란하지 않다고 벌을 받았으니, 조정의 법이 어찌 이처럼 다른가." 이 말을 들은 사람들이 모두 옳은 말이라 여겼다고 한다. 남성의 편의에 따라 법이 이중의 잣대로 적용된 것이다.

희극 배우 영태

　　고려 장사랑(壯仕郞: 종9품 관직) 영태(永泰)는 즉흥 연극을 잘했다.

　　겨울밤 용연(龍淵)에서 뱀이 나왔는데, 중이 뱀을 용의 새끼라고 여겨 정성스럽게 길렀다. 하루는 영태가 옷을 벗고 온몸에 오색찬란한 용 비늘을 그린 다음 중이 있는 방의 창문을 두드리며 말했다.

　　"스님께서는 두려워 마시오. 나는 용연에 사는 용신(龍神)이오. 스님이 내 자식을 사랑하여 기른다는 얘기를 듣고 그 은혜에 감동해서 왔소. 아무 날 저녁에 다시 와서 스님을 모셔 가리다."

　　영태는 말을 마치고 흔적도 없이 사라졌다. 약속한 날 중은 새 옷을 갈아입고 용모를 단정히 한 뒤 용신을 기다렸다. 얼마 뒤 영태가 나타나 중을 업고 용연으로 가더니 그에게 이렇게 말했다.

　　"이제 날 잡지 마시오. 눈을 한 번 감았다 뜨면 곧 용궁으로 들어갈 수 있을 거요."

　　영태의 말에 중은 눈을 감고 손을 놓았다. 영태는 중을 연못에 바로 던져 버리고 돌아왔다. 중은 옷이 모두 더러워졌고 몸에도 여기저기 상처를 입었다. 중은 엉금엉금 기어 절로 돌아와서 이불을 뒤집어쓰고 끙끙 앓아누웠다.

이튿날 영태가 와서 물었다.

"스님은 어쩌다 이렇게 아파지셨소?"

"용연의 물귀신이 노망이 났는지 절 이렇게 속였습니다."

영태는 충혜왕(忠惠王)을 따라 사냥을 다니면서 매번 즉흥 연극을 해 보였다. 왕이 영태를 물속에 던졌더니 영태가 물을 헤치고 나왔다. 왕이 껄껄 웃으며 물었다.

"어디 갔다 이제 오느냐?"

"굴원(屈原)을 만나고 왔습니다."

"그래, 굴원이 뭐라 하더냐?"

"굴원이 자기는 못난 임금을 만나 강에 빠져 죽었지만, 너는 어진 임금을 만났는데 무슨 일로 왔냐고 했습지요."

왕이 그 말에 기뻐하며 은으로 만든 사발 하나를 영태에게 내주었다. 이를 본 옆에 있던 무사 한 명이 강에 텀벙 뛰어들었다. 왕이 사람을 시켜 무사의 머리채를 잡고 끄집어냈다. 왜 물에 뛰어들었냐고 물으니 무사도 굴원을 만나고 왔다고 했다. 왕이 "이번에는 굴원이 뭐라고 하더냐?"라고 묻자 무사는 이렇게 대답했다.

"굴원인들 무슨 할 말이 있겠으며, 저라고 또 무슨 할 말이 있겠습니까?"

그 말에 주위의 모든 호위병이 다 같이 배를 잡고 웃었다.

영태는 재담에 능했고, 그 재능을 발휘해 승려를 놀리거나 왕에게 아첨하곤 했다. 충혜왕(1315~1344)은 본성이 방탕했고 사냥에 빠져 정사를 돌보지 않았으며, 거느린 후궁도 100명이 넘었다. 굴원은 중국 전국(戰國) 시대의 시인으로 초(楚)나라 회왕(懷王)에게 버림받아 유배되자 멱라수(汨羅水)에 투신하여 자살한 인물이다.

피리와 박연의 인연

박연(朴堧)은 영동(永同: 충청북도의 고을)의 유생이었다. 젊은 시절 향교(鄕校)에서 수업을 받았는데, 이웃에 피리를 부는 사람이 있었다. 박연은 공부하는 틈틈이 그에게 피리를 배워, 얼마 뒤에는 온 고을 사람들이 박연을 피리의 일인자로 받들었다.

박연은 서울에 과거를 보러 갔다가 이원(梨園: 장악원掌樂院)의 피리 잘 부는 악공(樂工)을 만나 피리를 가르쳐 달라고 청했다. 악공은 박연의 피리 소리를 듣고 껄껄 웃으면서 말했다.

"소리와 가락이 속되고 박자가 맞지 않는데다가 나쁜 버릇이 이미 굳어져 버렸으니, 이제 고치기 어렵습니다."

박연이 말했다.

"비록 그렇더라도 당신에게 배우고 싶습니다."

박연은 매일 악공에게 찾아가 피리를 배웠다. 며칠 뒤 악공이 박연의 피리 소리를 듣고 말했다.

"선배는 가르칠 만하군요."

또 며칠 후에 악공은 박연의 피리 소리를 듣고 말했다.

"법도가 이루어졌으니 장차 대성할 것입니다."

또 며칠 뒤에는 악공이 자기도 모르게 무릎을 꿇고 말했다.

"제가 따라갈 수 없는 경지입니다."

그 후 박연은 과거에 급제했고, 또 거문고와 비파 등 여러 악기를 익혀 모든 악기를 훌륭하게 연주했다. 그는 세종(世宗)에게 인정을 받아 관습도감(慣習都監) 제조(提調)가 되어 음악과 관련된 일을 모두 맡아 처리했다.

세종이 석경(石磬)을 만든 뒤 박연을 불러 음을 조율하게 했다.

"어떤 음률은 1푼 높고 어떤 음률은 1푼 낮습니다."

박연이 이렇게 말하기에 악기를 다시 살펴보니, 그가 음률이 높다고 한 곳에 진흙 찌꺼기가 붙어 있었다. 세종은 명을 내려 진흙 1푼을 깎아 내게 하고, 또 낮다고 한 곳에는 진흙을 1푼 붙이게 했다. 박연이 아뢰었다.

"이제 음률이 모두 바릅니다."

사람들이 모두 박연의 뛰어난 음감에 탄복했다.

나중에 박연의 아들이 계유정난(癸酉靖難)에 연루되었는데, 그 바람에 박연도 파직되어 고향으로 돌아가게 되었다. 친한 벗들이 강가에서 박연을 전송했다. 박연은 말 한 필에 동자 한 명만 딸린 쓸쓸한 차림을 하고 있었다. 박연은 벗들과 함께 배 안에 앉아서 술잔을 주고받다가, 이별할 때 전대에서 피리를 꺼내세 번 불고는 떠났다. 그 피리 소리를 들은 사람치고 슬퍼하며 눈물을 뿌리지 않는 이가 없었다.

박연의 삶은 피리로 시작하여 피리로 끝났다. 박연이 과거를 준비할 때도, 파직되어 벗들과 헤어질 때도, 피리는 언제나 그의 옆에 있었다. 박연에게 피리는 일생을 함께한 벗이었던 셈이다. 당시 세종은 박연에게 궁중 음악을 정비하게 해 음악의 기초를 확립하였다. '석경'은 여러 개의 경돌을 음높이의 순서대로 매단 궁중 악기로, 경돌을 갈아서 음정을 맞춘다. '푼'은 길이의 단위다. '계유정난'은 1453년 수양대군(首陽大君)이 단종(端宗)을 보필하던 세력을 제거하고 정권을 잡은 사건을 말한다.

박이창의 자살

박이창(朴以昌)은 정승 박안신(朴安臣)의 아들이다. 어릴 적부터 대범하여 작은 일에 마음 쓰지 않았다. 또 재치가 있고 익살맞았으며, 바른말만 하는 것이 그 아버지를 닮았다. 그는 젊은 시절 상주(尙州)에서 살았는데, 게으름을 피우며 공부에 힘쓰지 않고 부모가 타일러도 듣지 않았다. 이웃집 과부의 아들이 박이창과 친했는데, 향시(鄕試) 날짜가 다가오자 과부가 박이창에게 이렇게 부탁했다.

"우리 아들이 시험을 보려는데 어려서 혼자 가지 못한다오. 좀 데리고 가 주오."

박이창은 어쩔 수 없이 과거 시험장에 들어갔다. 시험장에서는 선비들이 모두 끙끙거리며 글을 짓고 있었다. 박이창은 속으로 생각했다.

'몸집 큰 내가 여기서 백지를 내고 나온다면 남들의 비웃음거리가 되겠지.'

박이창은 억지로 붓을 들고 글을 만들어 제출했다. 합격자 명단이 붙었는데, 박이창이 장원이었다. 그는 곧바로 아버지에게 편지를 썼다.

"온 고을의 선비들이 구름처럼 모인 가운데 제가 수석을 했으니 영광스러운 일이 아니겠습니까?"

이때부터 박이창은 마음을 다잡고 공부하여 복시(覆試)에 급제하고 한림원(翰林院)에 들어갔다.

이전부터 한림원에서는 처음 들어오는 사람을 '신참'이라고 해서 선배가 신참에게 술상을 차리게 하고 여러 가지로 괴롭혀 갖은 곤욕을 치르게 했다. 그러다가 50일이 지나서야 신참이 선배와 같은 자리에 앉는 것을 허락했다. 이를 두고 '신참을 벗어났다'라는 뜻인 '면신'(免新)이라고 한다. 박이창은 선배 앞에서 행동을 조심하지 않고 여러 번 선배에게 실수를 했다. 그래서 50일이 지나도 선배와 같은 자리에 앉는 것이 허락되지 않았다. 그러자 박이창은 스스로 선배와 같은 자리에 앉아 옆에 아무도 없는 듯 멋대로 굴었다. 당시 사람들은 박이창을 두고 '신참을 벗어나기를 스스로 허락한 사람'이라는 뜻인 '자허면신'(自許免新)이라고 불렀다.

일찍이 박이창이 승지(承旨)가 되어 임금의 행차에 따라갔다. 길옆으로 수많은 사람이 장막을 치고 행차를 구경했다. 한 여인이 옥 같은 손으로 주렴을 걷어 얼굴이 반쯤 보였다. 이를 보고 박이창이 크게 소리쳤다.

"가늘고 고운 저 손을 잡아 저 여인을 끌어내리고 싶구나!"

동료가 박이창에게 말했다.

"저 여인은 양갓집 규수가 분명한데 그리 말하면 되겠나?"

박이창이 대답했다.

"저 여인만 양갓집 규수인가? 나도 양갓집 자제라네!"

좌우에 있던 사람들이 박이창의 말에 모두 손바닥을 치며 크게 웃었다. 박이창의 말솜씨가 대략 이와 같았다.

당시 사신이 되어 북경에 갈 때 평안도 각 고을에서 식량을 많이 지원해 주었다. 그래서 그것을 되팔아 이익을 얻는 경우가 많았다. 박이창은 일찍이 임금께 이 일의 폐해를 아뢴 적이 있었다. 그런데 박이창이 사신이 되어 북경에 갈 때, 갈 길이 먼 것을 고려해서 부득이하게 식량을 많이 가지고 길을 떠났다. 이 일이 문제가 되어 박이창이 돌아오는 대로 심문을 받게 되었다. 박이창은 북경에서 돌아오는 길에 신안관(新安館)에 도착하여 이러한 사정을 듣고 말했다.

"일이 이렇게 되었으니 내가 무슨 낯으로 전하를 다시 뵙겠는가."

박이창은 결국 스스로 목을 베어 죽었다.

호기 있던 인물의 애석한 죽음이 아닐 수 없다. 박이창(?~1451)은 규정에 맞게 식량을 가져가려고 했으나 통역관들이 장마가 지면 식량이 떨어져 굶어 죽으니 식량을 더 가져가야 한다고 간청해 쌀 40말을 추가하여 가져갔다. 이 일이 문제가 되어 조사를 받게 되자 자결했다. 당시 임금인 문종(文宗)이 박이창의 죽음을 전해 듣고 안타까워하며 제문(祭文)을 직접 지어 주었다. '향시'는 고을에서 치르는 1차 과거 시험이고, '복시'는 향시 합격자들을 대상으로 치르는 2차 과거 시험이다. '한림원'은 예문관(藝文館)으로 외교문서를 작성하는 관청을 말한다. '신안관'은 정주(定州)에 있던 사신의 숙소이다.

만사 대범 홍일동

홍일동(洪逸童)은 용모에 위엄이 넘치고 자질구레한 예절에 구애받지 않았다. 또 성격이 털털하여 얼굴을 씻고 머리를 빗는 일에 신경 쓰지 않았다. 음식을 먹을 때도 가려 먹지 않았다. 한번은 벗과 강가에서 낚시를 할 때의 일이다. 미끼로 지렁이를 쓰려는데 칼이 없자 그는 이빨로 지렁이를 끊었다. 또 한번은 홍일동이 벗과 낚시를 하는데 종일토록 한 마리도 낚지 못했다. 그러자 그는 옷을 벗고 누각의 지붕으로 올라가 기와를 들추고 참새와 비둘기 새끼를 찾아서, 그것도 털이 난 놈은 버리고 빨간 새끼만 가져다 싸리나무 가지에 꿰어 구웠다. 그는 여러 꿰미를 안주로 하여 술을 마시고는 말했다.

"이것도 맛좋은 음식인데 하필 자잘한 물고기만 먹을 필요가 있겠나!"

세조(世祖)를 따라 북경에 갈 때 홍일동은 매번 말똥을 주워 만두를 구워 먹었다. 후에 세조가 여러 신하와 이야기할 때 언제나 홍일동을 놀렸다.

"이 사람은 천성이 더러우니 제사 지내는 직책은 아예 맡기지 마라."

홍일동은 시를 잘 지었는데 시상(詩想)이 호방하고 웅장했다. 또 중국어에 능통해서 여러 번 북경에 다녀왔다. 일찍이 남쪽 지방에 공무로 내려갔다가 하루저녁에 몇 말이나 되는 술을 마시고 죽었다. 김수온(金守溫)이 그를 애도하는 시를 지었다.

천 잔 술을 실컷 마시는 걸 중히 여겼고
뜬구름 같은 인생일랑 가볍게 여겼지.

세조가 홍일동(?~1464)에게 제사 지내는 직책을 맡기지 말라고 한 것은, 홍일동이 경건하게 목욕재계하고 정결하게 제물을 준비해야 하는 일에 어울리지 않았기 때문이다. 홍일동은 성품이 대범하여 작은 예법에 구애받지 않는 자유로운 삶을 살았지만, 결국 이 때문에 죽었다. 예법에 구속받는 삶도 문제지만 지나치게 자유분방하면 혹 몸을 망칠 수 있다. 규범과 자유 사이에서 균형을 잡을 필요가 있다.

뭐든지 '님' 자를 붙인 자비승

자비승(慈悲僧)이라는 중이 있었다. 자비승은 천성이 솔직해서 조금도 거짓이 없었다. 지위가 높은 벼슬아치를 대할 때도 존대하지 않고 다 이름을 불렀다. 남이 물건을 주면 아무리 귀한 물건이라도 사양치 않고 받았다가 달라는 사람이 있으면 모두 주었다. 찌그러진 갓에 헌 옷을 입고 한양의 이 집 저 집을 돌아다니며 밥을 얻어먹었다. 남이 주면 먹고 안 주면 굶었다. 진수성찬이라고 반기지도 않았고 맨밥이라고 꺼리지도 않았다.

물건을 부를 때면 반드시 '님'[主] 자를 붙였다. 돌은 '돌님', 나무는 '나무님'이라 하고, 다른 물건도 다 그렇게 했다. 한 선비가 밤늦게 바삐 가는 자비승을 보고 어디를 가냐고 묻자 그가 대답했다.

"비구니의 암자에 있는 새님[鳥主]의 집을 찾으러 가네."

이 말이 바지를 찾는다는 의미여서 사람들이 모두 웃었다.

한번은 자비승의 뺨에 흉터가 있어 누가 그 까닭을 묻자 이렇게 대답했다.

"내가 산에서 나무를 하는데 호랑이님과 곰님이 서로 싸우지 않겠소? 그래서 앞에 가서 '왜 그렇게 서로 싸웁니까? 화해하

세요'라고 했더니 호랑이님은 순순히 말을 듣고 갔는데 곰님은
말을 듣지 않고 덤벼들어 내 얼굴을 물었다오. 그때 마침 산지기
의 도움을 받아 겨우 살았지."

내가 여러 정승과 한자리에 모였을 때 자비승이 그곳에 왔
다. 좌중의 한 사람이 물었다.

"중이 산속에 들어가 도나 닦을 것이지 왜 속세에서 다리 고
치고 길 닦는 따위의 작은 일을 하며 고생하는가?"

자비승이 대답했다.

"어릴 적에 스승님께서 그러셨습니다. 10년만 산에 들어가
고행(苦行)하면 도를 깨우칠 것이라고요. 그래서 금강산에 들어
가 5년, 오대산에 들어가 5년을 부지런히 고행하며 도를 닦았지
만 아무 보람도 없었지요. 스승님은 또『연화경』(蓮花經)을 백 번
읽으면 도를 깨닫는다고 하셨습니다. 그래서『연화경』을 깡그리
외웠건만 역시 아무 효험이 없었습니다. 이때부터 불교가 허망하
고 믿기 어렵다는 걸 알았어요. 제가 달리 나라에 보탬이 될 길
이 없으니 다리나 길이라도 고쳐 사람들에게 공덕을 베풀려는 겁
니다."

사람들은 모두 그의 진솔함을 좋아했다.

자비승은 평생 도를 찾기 위해 산과 절을 헤매었지만, 결국 진정한 도는 바로 옆의 이웃
을 돕는 마음에서 찾을 수 있었다. 다른 기록을 보면, 자비승은 헐벗은 자를 만나면 자
신이 입고 있던 옷을 벗어 주고, 관(官)이나 절에서 매를 맞아야 할 자가 있으면 반드시
대신 맞기를 청했다고 한다. 자연의 모든 존재에 '님' 자를 붙인 것에서 자연에 대한 존
경심을 엿볼 수 있다.

고기 먹는 승려 신수

신수(信修)라는 승려는 내 고향 파주(坡州) 출신인데, 임진
강 남쪽에 초가집을 짓고 살았다. 성품이 방탕하고 우스갯소리
하기를 좋아하여, 신수의 입에서 말 한마디 나오기가 무섭게 사
람들은 모두 웃느라 배를 안고 쓰러졌다. 또 재물에 인색하지 않
고 물건을 아까워하는 기색이 없어 재산과 논밭을 모두 조카들
에게 나누어 주었다. 그는 평생 농사지은 적이 없지만 매일 쌀밥
을 먹었다. 신수는 주름이 많아 얼굴이 탈바가지 같았다. 머리를
흔들고 눈알을 돌리면서 열여섯 나한(羅漢)의 형상을 흉내 내면
하나하나 달랐고, 남의 행동거지를 보면 곧바로 똑같이 흉내 냈
다. 전혀 알지 못하던 높은 벼슬아치를 만나도 한 번 보면 오랜
친구처럼 친해져서 서로 이름을 불렀다.

절 옆에 한 노인이 어린 아내를 데리고 살았는데, 신수가 그
아내와 서로 정을 통했다. 노인은 집이 가난하여 신수의 도움을
받으려고 아내를 데리고 절에 와서 기거했다. 신수도 그 노인을
좋아하여 음식과 옷을 많이 주었다. 세 사람이 함께 이불을 덮
고 잤는데, 서로 질투하지 않았다. 그 아내가 아들 하나 딸 하나
를 낳자 신수는 노인에게 "이 아이들은 당신 자식이오"라고 말했

고, 노인은 신수에게 "이 아이들은 스님의 자식입니다"라고 했다. 신수가 절에 있으면 노인이 나무하고 채소를 가꾸었고, 신수가 길을 떠나면 노인이 짐을 지고 따랐다. 이렇게 여러 해 동안 절에 함께 기거하다가 아내가 죽었는데, 노인은 여전히 신수와 함께 살았다. 두 사람은 꼭 형제 사이 같았다. 노인이 죽자 신수는 그 시신을 업고 가서 장사 지내 주었다.

신수는 술을 잘 마셨다. 아무리 많은 술이라도 고래가 바닷물을 마시듯이 한꺼번에 들이켰다. 사람들이 간혹 술이라고 속여 쇠오줌이나 흙탕물을 가져다주어도 단번에 들이키고 말했다.

"이 술은 몹시 쓰군."

또 식성이 좋아 말라비틀어진 밥덩이나 딱딱한 떡 조각이라도 사양하지 않고 눈 깜짝할 사이에 먹어 치웠다. 여러 사람이 모인 자리에서도 공공연히 생선이나 고기를 쩝쩝 소리 내어 먹었다. 이를 비웃는 사람이 있으면 신수는 이렇게 응수했다.

"내가 죽인 게 아니오. 게다가 생물이 죽고 나면 흙과 뭐가 다르겠소? 흙을 먹는 게 뭐가 어떻단 말이오?"

경인년(1470)에 내가 상(喪)을 당해 파주에 있을 때 신수가 집에 자주 들렀다. 신수는 그때 일흔이 넘었는데 기력은 여전히 왕성하고 몸놀림이 재빨랐다. 어떤 사람이 신수에게 어째서 승려가 여자를 가까이하고 고기를 먹느냐고 묻자 그는 이렇게 대답했다.

"세상 사람들은 함부로 사사로운 마음을 일으켜 이익을 탐내기 때문에 서로 다투지. 때때로 마음속이 악으로 가득 차고 번뇌에서 벗어나지 못하는 건 이름난 승려라도 모두 마찬가지라네. 향긋한 고기 냄새가 코를 찌르면 질질 흐르는 침을 억지로 참고, 예쁜 미인을 보면 음탕한 마음을 참느라 애를 쓰지. 하지만 난 다르거든. 맛있는 음식은 그 자리에서 바로 먹고 예쁜 여자를 보면 바로 같이 자니, 물이 콸콸 흐르고 흙이 구덩이를 메우는 것과 마찬가지야. 그래서 세상 만물에 대해 아무런 욕심이 없고 털끝만큼도 사사로운 마음이 없지. 난 내세에 부처가 될 거고, 못 되어도 반드시 나한은 될 걸세.

세상 사람들은 재물을 아껴 저축하느라 온 힘을 다 쓰지만, 죽고 나면 그 재물은 바로 남의 것이 되어 버리지. 그럴 바엔 살아 있을 때 잘 먹고 즐거움을 누리는 게 낫지 않나. 자식으로서 부모를 섬길 때는 반드시 큼지막한 떡을 빚고 맑은 꿀 한 되와 잘 빚은 술에 고기를 썰어서 아침저녁으로 봉양하게. 부모가 돌아가신 뒤에 울면서 마른 나물과 과일, 남은 술, 식어 버린 고기를 관 앞에 차려 놓은들 누가 먹을 수 있단 말인가? 자네가 비록 이렇게 부모를 섬기지 못했더라도 자네 자식들은 반드시 이렇게 자네를 섬기게 하게."

어느 날 그는 앞에 제사상을 차려 두고 방울을 흔들고 경을 읽으면서 자기의 혼을 부르며 말했다.

"신수야, 신수야. 극락왕생하여라. 살아서는 미치광이처럼 지냈지만 죽어서는 참되고 바르기를."

그러고는 목 놓아 대성통곡하는데, 울음소리가 몹시 처절하고도 비장했다. 이윽고 다시 손뼉을 치며 껄껄 웃더니 바랑을 메고 어디론가 떠나 버렸다. 떠날 때는 머물던 집의 주인에게 한마디의 작별 인사도 하지 않았다.

신수는 일반인의 상식을 뛰어넘으며 자유분방하게 행동하지만 자신만의 윤리를 지키고 있다. 죽은 부모를 섬기지 말고 살아 있는 부모를 정성껏 모시라는 조언도 새겨들음 직하다. 열여섯 나한은 부처의 열여섯 제자를 이른다. 경인년에 상을 당했다는 것은, 성현의 모친 순흥 안씨(順興安氏)의 상을 가리킨다.

매사냥을 좋아한 안원

안원(安瑗)은 매사냥을 좋아했다. 젊은 시절부터 매를 매우 좋아하여 처가에 있을 때 왼팔에는 매를 올려놓고 오른손으로는 책장을 넘기며 책을 읽었다. 장인이 그 모습을 보고 말했다.

"글을 읽으려면 매를 버리고, 매를 좋아하려면 글을 그만두게나. 왜 두 가지 일을 다 해서 그 고생인가?"

안원이 답했다.

"글공부는 대대로 물려받은 집안의 일이라 그만둘 수 없고, 천성이 매사냥을 좋아하니 또한 그만둘 수 없습니다. 두 가지 일을 함께하더라도 서로 어긋나지 않는다면 무슨 문제가 있겠습니까?"

그는 평생 한결같이 매사냥을 즐겼다.

이첨(李詹)이 하루는 임진강을 건너 서울로 가는 길에 길가 산골짜기에서 글 읽는 소리가 나는 것을 듣고 그 하인에게 말했다.

"반드시 안원일 게다."

찾아가니 안원이 왼팔에는 매를 올려놓고 오른손으로는 『자치통감강목』(資治通鑑綱目)을 넘기며 나무에 기대 글을 읽고 있었다. 두 사람은 마주 보고 한참이나 웃었다.

안원은 사람됨이 너그럽고 느긋하여 평소에 조급한 기색이 없었다. 왜적이 승천부(昇天府: 개성)를 함락했을 때도 그는 그대로 집에서 글을 읽고 있었다. 하인들이 "적이 가까이 왔습니다!"라고 아뢰자 안원이 말했다.

"우선 활쏘기를 연습하거라. 두려워하거나 조급하게 굴지 말고."

왜적은 조금 있다가 물러가 버렸다.

안원(1346~1411)은 글쓰기와 매사냥을 함께하며, 해야 하는 일과 하고 싶은 일을 잘 병행했다. 이첨(1345~1405)은 문장과 글씨에 뛰어난 재능을 보여, 사신으로 명나라에 다녀왔다. 『자치통감강목』은 중국의 역사서다.

말 도둑질 장난

말 도둑질 장난

나는 젊었을 때 이륙(李陸)과 매우 친하게 지냈다. 우리는 빈 집에서 지내며 함께 글을 읽었다. 그곳은 동네 친구 조회(趙恢)의 집과 몇 리 떨어져 있었다. 조회의 집에는 능금나무가 여러 그루 있었다. 하루는 이륙이 내게 말했다.

"잠 귀신이 성화를 부리니 차라리 조회의 집에 가서 능금을 먹는 편이 낫겠어."

우리가 조회의 집에 가니 능금이 나무에 가득 열려 발갛게 익어 있었지만 문이 잠겨 들어갈 수 없었다. 주인을 불러도 대답이 없었다. 그 집 하인들은 문 안에서 술을 마시며 시끌벅적하게 떠들고 있었다. 잠시 후에 소나기가 한바탕 쏟아졌다. 문 앞에는 큰 말이 홰나무에 매여 있었고, 작은 말도 서너 마리 있었다. 주위는 고요하고 아무도 없었다. 이륙이 말했다.

"주인이 손님을 문전 박대하는 게 너무 심하니 이 말을 훔쳐 가세."

나는 머리를 끄덕였다. 두 사람이 각각 말 한 필씩을 타고 냇가를 따라 노닐었다. 이윽고 글공부하던 집으로 돌아와 창고에 말 두 필을 매어 놓았다. 이륙이 말했다.

"이 말을 잡아먹고 싶네."

"그래서야 되겠는가? 그럼 도둑과 다를 게 없네."

"조회가 알게 되더라도 차마 관아에 고발하기야 하겠나?"

마침내 이륙이 절굿공이를 들어 말의 머리를 치려고 해서 내가 그를 붙들어 말렸다.

이튿날 조회가 왔는데 눈이 쑥 들어가고 얼굴이 초췌했다. 이륙이 물었다.

"자네 왜 얼굴빛이 좋지 않나?"

"어제 처고모님이 김포 시골집으로 가신다기에 말을 문 앞에 매어 두었는데 도둑이 훔쳐 갔네. 온 집안이 황급히 사람을 보내 찾고 있고, 나는 고양(高陽)과 파주 등지를 두루 다녔지. 하지만 여태껏 찾지 못해 걱정이네."

잠시 후에 창고 안에서 말 울음소리가 들리자 이륙이 빙그레 웃었다. 조회가 가 보니 바로 자기 집 말이었다. 조회는 한편으로는 말을 훔쳐 간 것에 화를 내고, 한편으로는 말을 찾은 것에 기뻐하면서 우리를 계속 꾸짖었다. 이에 옆에 있던 사람들이 모두 크게 웃었다.

성현과 이륙의 장난기를 잘 보여 주는 이야기다. 말을 잡아먹네 마네 하며 옥신각신하는 모습이 재미있게 형용되어 있다. 이륙은 『용재총화』와 유사한 성격의 책인 『청파극담』(靑坡劇談)을 썼다. 『청파극담』은 골계적인 성격이 짙은 잡록으로 야담과 일화, 소화(笑話)가 다수 포함되어 있다.

강원도 여행

신축년(1481)에 채수(蔡壽)와 내가 승지로 있다가 죄를 얻어 모두 파직되었다. 우리는 관동(關東: 강원도)을 유람하려고 흰옷과 짧은 도롱이 차림으로 각자 한 명의 아이종을 데리고 길을 나섰다. 무관 이소(李紹)가 따라왔다. 포천(抱川) 앞의 시내에 이르러 저녁밥을 먹었는데, 한 소년이 마을에서 나와 내 옆에 걸터앉더니 이렇게 말했다.

"당신들, 영안도(永安道: 함경도)의 거간꾼이 아니오? 내가 소를 사고 싶은데."

내가 답했다.

"소가 없구려."

좌우의 사람들이 모두 웃었다.

금화현(金化縣)에 이르자 현감이 길에서 맞이하여 마을로 들어가자고 했다. 내가 말했다.

"오늘 이미 늦었는데, 여기서 금성(金城)까지 꽤 멀고 사방에 인가(人家)가 없으니, 현감 말대로 하세."

채수가 화를 내며 말했다.

"처음엔 자네를 꽤 믿음직스럽다고 생각했는데, 왜 일을 이렇게 그르치나?"

채수는 얼굴을 붉히며 나가 버렸다. 10리 정도 갔는데 하늘이 어두컴컴해졌다. 이소가 말했다.

"영안도를 왕래하는 사람들은 모두 길에서 노숙을 하지. 내가 비록 재주가 부족하나, 활쏘기와 말타기를 직업으로 하고 있으니 도적을 두려워할 게 뭐가 있겠나? 여기 멈춰서 노숙을 하세."

내가 말했다.

"영안에 사는 사람들은 무리 지어 다니니 노숙을 해도 되네. 그래도 많이 도적을 만나 물건을 빼앗기지. 자네가 용맹을 믿는다지만 한 사람 몸으로 도둑 떼를 어떻게 당해 낼 수 있겠나?"

서쪽 골짜기에 어지럽게 자란 소나무 사이에 오솔길이 있었다. 누구는 사람 사는 집이 있을 거라고 했고, 누구는 무덤이 있을 거라고 했다. 내가 말했다.

"골짜기 속의 깊고 험한 곳이 큰길가보다 낫네. 집이 있으면 하룻밤 빌려 묵으면 되고, 집이 없으면 나무를 잘라 울타리를 만들면 되니 무슨 해로움이 있겠는가?"

마침내 오솔길을 따라 들어가니 작은 가게가 있었다. 여종이 아이를 안고 문 앞에 나와 말했다.

"집에 주인님이 안 계시고 다만 주인마님만 계셔서 손님을 들일 수 없습니다."

우리는 모두 가게 앞의 남새밭에 앉아 저녁밥을 먹었다. 산 기운이 이미 어두워져 앞을 구분할 수 없었다. 얼마 있다가 한 사람이 말을 타고 오는데 개가 그 뒤를 따랐다. 어린아이가 소리 높여 말했다.

"주인님 오십니다."

여종이 맞아들이며 주인에게 말했다.

"손님이 밖에 여럿 있습니다. 혹 도적이 아닐까요?"

주인이 말했다.

"야심한 밤에 어떤 사람들이 여기까지 왔을까? 반드시 어처 구니없는 사람들일 테지."

주인은 말에서 내려 가래를 뱉은 뒤에 사방을 둘러보며 말 했다.

"행장에 곰 가죽과 호피가 있는 걸 보니, 반드시 선비들이겠 군."

우리는 모두 모자를 내려 쓰고 아무 말도 하지 않았다. 주인 은 내 모자를 벗겨 보고 갑자기 물러나 움츠리며 말했다.

"성 영감이시네요."

또 채수의 모자를 벗겨 보더니 말했다.

"채 영감이시네요. 두 영감께서 어떻게 여기까지 오셨습니까?"

주인은 한양에서 있었던 일을 자세히 묻고 그 내막을 알았다. 마침내 우리를 방으로 맞아들여 병풍을 펼친 뒤 자리를 깔고 말했다.

"우리 집은 매우 가난해서 좁쌀 막걸리밖에 없습니다."

주인은 종을 불러 술을 걸러 동이에 담게 하고 두 여인을 불러 우리에게 인사시켰다. 이들은 모두 공손히 예의를 다했다. 주인이 말했다.

"저는 정실부인에게서는 자식이 없습니다. 두 여식은 모두 종의 소생입니다."

주인은 두 여인을 우리 옆에 앉히고 각각 차례로 술을 따르게 했다. 이때 채수의 종에게 피리를 불게 했다. 반쯤 취했을 때 채수가 말했다.

"제가 주인 딸의 손을 잡고 싶은데 주인장께서 어떻게 생각하실지 모르겠습니다."

주인이 말했다.

"이 아이들이 촌스럽고 못났지만 공의 즐거움을 돕고자 공 옆에서 모시게 한 것입니다. 어찌 그런 말씀을 하십니까?"

채수는 여인의 손을 잡고 여러 방법으로 장난을 치며 놀았다. 집 천장이 낮아 일어서면 머리가 부딪쳐 모두 앉아서 춤을 추며 밤새 놀았다. 주인의 성은 진(秦)씨이고, 당시 이조 녹사(吏曹錄事)로 있다가 휴가를 받아 고향에 온 것이었다.

창도역(昌道驛)에 도착했을 때, 이소가 병에 걸리는 바람에 며칠 동안 역에 머물렀다. 우리 일행의 말이 풀을 먹고 똥을 많이 누자 역졸이 빗자루를 가지고 와 쓸면서 말했다.

"어떤 놈들이 우리 감사(監司)께서 앉으실 마루를 더럽히나?"

역졸의 얼굴에 원망하는 기색이 가득하기에 내가 천천히 타일러 말했다.

"화내지 말게. 우리 세 명 중에 만일 한 사람이 찰방(察訪)이 된다면, 자네에게 꼭 휴가를 주겠네."

역졸이 말했다.

"흰옷에 가는 실띠를 찬 사람이 찰방이 된단 말이오? 만일 그렇게 된다면야 영안도에 대구를 싣고 오가는 사람들이 다 찰방이 되겠구려."

사람들이 모두 배를 잡고 웃었다.

우리가 신안역(新案驛)을 지날 때 길에서 역마를 타고 달려오는 한 관리를 만나 모두 말에서 내려 풀 사이에 엎드렸다. 관리가 물었다.

"이 사람들은 누구길래 헤매면서 가느냐?"

또 쳐다보니 자색 저고리에 흰 치마를 입은 한 여인이 역마를 타고 관리의 뒤를 쫓고 있었다. 내가 말했다.

"이건 정말 대장부의 행차구나. 내가 예전에 한림원을 거쳐 승지(承旨)가 되어 기생들이 가야금을 타고 노래하는 자리에서 여러 번 취했었는데, 지금은 이렇게 영락하고 말았구려. 우리 처지에서 저들을 보면, 저들은 정말 하늘 위에서 사는 사람들 같구려."

채수가 말했다.

"자네가 사신이 되어 관서(關西: 평안도) 지방에 갔을 때 두 기생을 태우고 행차했으니, 그때도 한때이고 지금도 한때라, 어찌 저들을 부러워할 게 있겠소?"

일행이 크게 웃었다.

화천현(和川縣)에 이르렀다. 화천현은 회양(淮陽)에 속한 마을이다. 이소가 입이 써서 팥죽을 먹고 싶다고 했다. 내가 현의 관리를 불러 적삼으로 팥죽을 바꾸자고 하니 아전이 말했다.

"저희 집이 가난하지만, 어떻게 팥죽을 적삼과 바꿀 수 있겠습니까?"

그러고는 저녁에 팥죽 한 사발과 맑은 꿀 한 대접을 가져다주었는데, 채수가 가져다가 몽땅 먹어 버렸다. 관리가 또 팥죽 한 사발을 가져다주었는데, 이번에는 내가 받아 먹어 버렸다. 이소는 고작 남은 찌꺼기만 먹었다. 다시 출발해 추령(楸嶺)을 넘어 중대원(中臺院)에 이르렀다. 마침 비바람을 만났는데, 추위가 무척 심해 가을 날씨 같았다. 한양을 떠날 적에 내복을 가지고 오지 않아 여기에 도착해서는 추위를 견딜 수가 없었다. 한 역졸이 막걸리를 가져와 권하니 다른 사람들은 모두 더럽다며 먹지 않았지만 나는 한 사발을 단숨에 들이키고 말했다.

"비바람이 부는데도 겹옷만 입고 있는 사람은 이 술을 마셔도 괜찮아."

통천(通川)에 며칠 머물 때 통천 군수 안국진(安國珍)과 함께 근방을 유람했다. 남쪽으로 고성군(高城郡)에 이르렀는데, 이때 고성 군수는 홍자심(洪子深)이었다. 삼일포(三日浦)를 유람하고 또 동해와 봉화봉(烽火峯)을 유람했는데, 기이한 광경이 둘도 없이 뛰어났다. 홍자심은 이 봉우리에 '승선대'(承宣臺)라고 이름을 붙였는데, 이곳을 유람한 채수와 내가 모두 승지를 지냈기 때문이다. 바닷고기를 잡아 안주로 하고 술을 마셔 많이 취했다. 군수가 오미자 술을 담가 호리병에 저장해 두었는데 내가 곁에 가서 몰래 훔쳐 마셨다. 이소가 그걸 보고는 병을 들고 도망갔다. 내가 몽둥이를 들고 이소를 쫓았더니 이소가 병 속에 침을 뱉어 남이 못 먹게 했다. 그랬더니 채수가 화가 나서 결국 병을 거꾸로 들고 술을 땅에 다 쏟아 버렸다. 술 한 병이 텅 비었다.

낙산사(洛山寺)에 이르자 절의 승려가 말했다.

"행차가 절에 도착할 것이라는 소문을 들었습니다. 마침 간성(杆成)에서 온 행인이 있어, 승지 일행이 어디쯤 오고 있는지 물어봤습니다. 그랬더니 승지 일행은 본 적이 없고, 다만 말 뒤에 도롱이를 매단 나그네 두세 사람이 오던데 필시 강릉의 병졸일 것이라고 답했지요. 지금 여러분께서 모두 도롱이를 말에 매달고 계시니, 필시 행인이 오해한 것이네요."

우리는 서로 더불어 크게 웃었다. 양양(襄陽)까지 유람하고 마침내 한양으로 돌아왔다. 이듬해 임인년(1482)에 이소는 회양 부사로 임명되고, 나는 그 다음 해 계묘년(1483)에 강원 감사로 부임하였다.

관동을 유람할 때 성현은 43세였다. 당시로서는 적은 나이가 아니었지만 가벼운 차림으로 훌훌 여행을 떠났고, 여행 중에도 시종일관 유쾌함을 잃지 않았다. 도롱이 차림으로 구태여 신분을 알리지 않았기 때문에, 소년에게 소를 파는 거간꾼으로 오해를 받았고 역졸에게는 무시를 당했다. 거간꾼은 시장의 물건을 중개하는 사람이다. '찰방'은 역을 관리하는 책임자를 말한다. 이후 성현과 이소가 그 지역의 감사와 수령이 되자, 창도역의 역졸은 대경실색하여 다시는 영안도 거간꾼을 경시하지 않겠다고 했다. '승선대'의 승선은 '승지'의 별칭이다.

다섯 마리의 뱀 꿈

어세겸(魚世謙)은 젊은 시절에 근력이 남보다 월등히 뛰어났다. 동생 어세공(魚世恭)과 무리 지어 마을을 돌아다니며 날마다 닭서리를 해서 손으로 쳐 죽이는 걸 일삼았다. 이극증(李克增), 이극돈(李克墩), 김순명(金順命), 김승경(金升卿) 등은 모두 이름난 선비였지만, 어세겸의 위세가 두려워 감히 그에게 저항할 수 없었다.

일찍이 어세겸이 성균관 학생으로 있을 때, 먹을 것이 생기면 빼앗아 혼자 먹어 버렸고, 기숙사 방이 추우면 다른 이에게 먼저 자리를 깔고 들어가 이불을 따뜻하게 만들게 한 뒤에 자신은 알몸으로 들어가 잤다. 또 온몸에 부스럼이 가득한 사람을 보면 다른 이에게 시켜 부스럼 딱지를 떼어 떡에 싸서 먹으라고 했다. 부스럼 딱지를 뜯긴 사람은 아파서 울고 그 딱지를 먹은 사람은 토하고 딸꾹질을 했는데, 어세겸은 박수를 치며 크게 웃었다. 여러 선비가 서로 의논해서 말했다.

"저놈이 자기 힘만 믿고 우리를 괴롭히니 이렇게 끌려다니는 신세가 되어 괴로워 견딜 수가 없네. 꾀를 써서 불시에 습격해 제압해 보세나."

하루는 어세겸이 창가에 걸터앉아 있는데, 한 사람이 뒤에서 머리카락을 잡아 흔들고 나머지 사람들이 각각 손과 발을 잡고 넘어뜨렸다. 그러나 어세겸이 몸을 뿌리치고 일어나니 모두 흩어져 도망갔다. 어세겸에게 이극돈이 잡히자 이극증은 기둥 사이에 숨어서 말했다.

"내 동생은 이제 죽었구나."

어세겸은 이극돈을 갖은 방법으로 괴롭혔다. 이극돈은 어세겸이 흙을 먹으라면 먹고, 매부라고 부르라면 매부라고 불렀다. 또 아버지라고 부르라 하니 이극증이 듣고 있다가 멀리서 말했다.

"조금만 더 괴로움을 견디거라. 아버지라 부르지는 말고."

병자년(1456) 봄 과거 시험 날짜가 다가오자 어세겸은 네 명의 친구와 함께 성균관에서 책을 읽었다. 생원 유조(兪造)가 잠에서 깨어 말했다.

"밤에 꿈을 꾸었는데 절반은 길하고 절반은 흉하다네."

어세겸이 그 이유를 묻자 유조가 대답했다.

"방에 있던 다섯 마리의 뱀이 하늘로 올라가는데, 한 마리가 공중에서 떨어졌지 뭔가."

어세겸이 말했다.

"우리가 게으름을 피우지 않고 학업에 열중하는 건 우리 다섯 사람 모두 급제하기 위해서인데, 네놈은 어째서 불길한 말을

하는 게냐? 너는 당장 '땅에 떨어진 뱀은 나다'라고 크게 외쳐
라!"

유조가 결국 "땅에 떨어진 뱀은 나다!"라고 외치니 어세겸이
또 말했다.

"어째서 나라고 에둘러 말하는 게냐?"

유조는 크게 외쳤다.

"땅에 떨어진 자는 유조다!"

이듬해 네 사람은 과거에 급제하고, 그 후 모두 대신이 되어
명성을 떨쳤다. 그러나 유조만은 홀로 죽을 때까지 곤궁함을 면
하지 못하고 관직에도 나가지 못했다.

이름난 선비들은 엄숙하게 앉아 학문에만 몰두했을 것이라고 생각하기 쉽지만 실제로
는 서로 장난치며 유쾌하게 지냈음을 알 수 있다. 어세겸(1430~1500)은 문무를 겸비하
고 사소한 규범에 얽매이지 않았다. 그가 형조판서로 있을 때 한낮이 되어서야 출근했
지만, 일 처리가 능하여 사건이 지체되는 일이 없었다고 한다.

벌레가 담긴 편지

남해에서 나는 해초를 김이라고 하고, 김과 비슷하지만 길이가 조금 짧은 것을 매생이라고 하는데 자반으로 만들어 먹으면 참 맛있다. 내 친구 김간(金澗)이 절에서 공부할 때, 승려가 내온 반찬을 먹고 매우 맛있다고 여겼다. 무슨 음식인지 몰라서 승려에게 자세히 물어본 뒤에야 그 음식이 바로 매생이 자반이라는 것을 알았다.

하루는 김간이 우리 집에 와서 말했다.

"자네, 매생이 자반이라고 아는가? 천하일품의 별미라네."

내가 말했다.

"그건 임금님 수라상에나 올리는 귀한 반찬이라 보통 사람은 맛볼 수 없지. 하지만 내가 자네를 위해 한번 구해 보겠네."

나는 숭례문 밖으로 나가 연못에 여기저기 떠 있는 물이끼를 보고 조리로 떠내어 자반을 만들었다. 그런 뒤에 사람을 보내 김간을 초대하니 김간은 그 말을 듣고 즉시 우리 집으로 왔다. 마주 앉아 술을 마시면서 나는 매생이 자반을 먹고, 김간은 전부 물이끼 자반만 먹게 했다. 김간은 겨우 두 꼬치를 먹고 나서 말했다.

"자반에서 모래 맛이 나네. 전에 먹었던 맛과 달라."

김간은 점점 배 속이 불편해서 심기가 편치 않았다. 곧장 집으로 돌아가 토하고 설사를 하며 며칠 동안 앓아누웠다. 김간은 몸이 나아진 뒤에 내게 말했다.

"승려가 준 매생이는 매우 맛있었는데, 자네가 준 매생이는 아주 고약했어."

나는 우리 집 정원의 나뭇잎에 푸른 벌레가 가득 올라앉아 잎을 갉아먹는 걸 보고 다 잡아다가 종이에 싸서 봉투에 넣었다. 그러고는 어린 여종에게 봉투를 주어 김간에게 보내면서 이런 말을 전하게 했다.

"내가 요행으로 매생이를 얻었으니 자네 한 끼 반찬으로 하게나."

이미 황혼 무렵이어서 김간이 이불을 깔고 아내와 함께 앉아 있다가, 하인이 전하는 말을 듣고 기뻐하며 말했다.

"네 주인이 이 귀한 음식을 자기가 먹지 않고 내게 주다니, 정말 벗을 사랑하는 친구로구나."

김간이 봉투를 열자 벌레들이 어지럽게 쏟아져 나와 어떤 놈은 이불로 들어가고 어떤 놈은 부인의 치마를 뚫고 들어갔다. 부부가 놀라서 크게 소리 질렀고, 벌레가 닿았던 곳은 모두 부스럼이 났다. 이를 본 집안 식구들이 크게 웃었다.

당시 선비들은 지금 통념으로 심하다 싶을 정도의 장난을 즐긴 듯하다. 오늘날 매생이는 국, 전, 무침 등 다양한 요리에 사용되는데, 자반으로 조리하는 일은 드물다. 작품에 나오는 매생이 자반은 말린 매생이를 기름에 구운 것이 아닐까 생각된다.

꼴찌 놀리기

세조(世祖)가 과거 시험을 열어 김수온을 포함하여 스무 명 남짓의 선비를 뽑았다. 노사신(盧思愼), 서거정(徐居正), 이영은 (李永垠), 홍응(洪應), 양성지(梁誠之), 임원준(任元濬)이 모두 그 안에 들었다. 나머지 문사들도 모두 당시 이름난 선비들이었지만 미처 시험을 보지 못한 사람이 많았다. 그래서 세조는 노사신, 임원준, 홍응을 시험관으로 삼고 재시험을 열어 강희맹(姜希孟), 성임(成任), 이예(李芮), 김계창(金季昌), 윤자영(尹子濚) 등 여러 명의 문사를 뽑았다.

이날 시험은 사정전(思政殿) 뜰에서 치러졌고, 종이는 향실 (香室)에서 빌려 오게 되어 있었다. 이때 윤자영이 박건(朴楗)에 게 부탁했다.

"자네가 사람을 시켜 내 종이를 좀 가져다주겠나?"

이윽고 윤자영이 시험장에 앉아 시를 어떻게 지을까 고민하 다가 박건을 돌아보고 말했다.

"내 종이가 준비되었나?"

박건이 말했다.

"걱정 말고 우선 시부터 짓게. 종이는 곧 가져올 걸세."

날이 저물고 윤자영이 시를 다 지어 종이를 달라고 하자 박건이 대답했다.

"내 몸 챙기기도 바쁜데, 어느 겨를에 자네를 돌봐 주겠나? 종이는 내가 이미 다 썼네."

윤자영은 매우 화가 났지만 어쩔 수 없어 고기를 싸는 종잇조각에 시를 써서 제출했다. 이날은 몹시 무더워 윤자영은 시험을 보면서 신발을 벗고 맨발로 자기 앞에 서책을 어지럽게 펼쳐 놓았다. 노사신은 몰래 사람을 시켜 윤자영의 신발과 서책을 가져간 뒤 윤자영이 돌려 달라고 아무리 사정해도 돌려주지 않았다. 결국 윤자영이 맨발로 궁궐 문을 나오니 그 광경을 본 사람들이 모두 배를 잡고 웃었다.

합격자 명단이 나왔는데 윤자영이 꼴찌였다. 윤자영은 부끄러워 합격자들의 거리 행진에 나가지 않으려고 했다. 그러자 노사신과 강희맹과 성임이 모두 윤자영의 집에 몰려가 이렇게 을러댔다.

"자네가 나오지 않는다면 우리가 상감께 아뢸 걸세."

이들은 억지로 윤자영의 머리에 갓을 씌우고 도포를 몸에 입힌 뒤 붙들어 끌어냈다. 윤자영은 하는 수 없이 끌려 나갔다. 합격 동기들은 함께 모이는 자리마다 항상 윤자영을 불러 맨 끝 자리에 앉히고 온갖 방법을 동원해 괴롭혔다.

이날 시험은 세조 12년(1466) 단오절에 종친과 문무백관을 대상으로 연 임시 시험이었고, 합격자는 40명이었다. 박건의 "내 몸 챙기기도 바쁜데, 어느 겨를에 자네를 돌봐 주겠나?"(我躬不閱, 遑恤我後)라는 말은 『시경』(詩經)에 나오는 시구다. 사정전은 경복궁의 전각 가운데 하나이며, 향실은 경복궁에서 향을 보관하는 곳이다.

성균관 유생의 풍자시

성균관은 예법을 배우는 곳이라고들 한다. 하지만 유생들은
대부분 명문가 자제로 성품이 호탕하여 규범을 따르지 않았다.
동지사(同知事) 홍경손(洪敬孫)과 임수겸(林守謙)은 다 늙어서
백마를 타고 다녔다. 한 유생이 이들을 풍자하는 시를 지었다.

손님 있네,
손님 있어.
그 말 또한 희니
흰말[白馬]의 흰색과
흰머리의 흰색이
다를 게 없지.

그 후에 또 어떤 유생이 시를 지었다.

성균관이 어진 선비를 기르는 곳이라고?
어리석고 썩은 무리만 관직 지키네.
홍 동지(洪同知)는 이미 갔으나 임 동지(林同知)가 있고

이 학관(李學官)이 겨우 갈렸는데 조 학관(趙學官)이 도로 왔네.

홍경손이 죽었으나 임수겸은 아직 동지 벼슬에 남아 있고, 학관(學官) 이병규(李丙奎)는 갈리어 나갔으나, 조원경(趙元卿)이 다시 학관이 된 것을 풍자한 것이다.

곤궁한 누이를 돌보지 않으니
어찌 그리 얼굴이 두껍나?
아버지 찾아뵐 틈도 없다니
행실 또한 모질구나.

동지(同知) 유진(兪鎭)이 그의 누이동생이 살 곳을 잃었는데 도와주지 않은 것과 직강(直講) 아무개가 고향에 계신 부친을 찾아뵙지 않은 것을 비꼰 것이다.

황새가 통발에서 노니는데
송씨(宋氏)의 호적일랑 말할 게 있나.
방씨(方氏)가 입은 푸른 저고리 꼬락서니
차마 눈뜨고 볼 수가 없네.

전적(典籍) 송원창(宋元昌)과 사성(司成) 방강(方綱)이 모두 첩을 두고 본처를 돌보지 않는 것을 풍자한 것이다.

조정에서 위의 풍자시를 지은 사람을 찾아내려고 조사하니 홍문관, 예문관, 교서관과 여러 유생에 이르기까지 그 여파가 미쳤다. 이 사건 때문에 수십 명이 옥에 갇혔고, 그중에는 고문을 당한 자도 있고 매질을 당한 자도 있었다. 하지만 끝내 정상이 밝혀지지 않아 모두 석방되었다.

성균관 벽서 사건에 대한 기록이다. '흰말' 운운한 시는 성종 4년(1473)에 유생 이오(李鰲)가 쓴 것이라 한다. 두 번째 벽서 사건은 성종 13년(1482)에 일어난 것이다. 시를 쓴 사람은 밝혀지지 않았지만, 왼손잡이에 옥(玉) 자 변이 들어 있는 이름을 가졌고 시재(詩才)가 뛰어난 유생이라는 소문이 당시에 퍼졌다고 한다. 마지막 시 중 황새가 통발에 있다는 것은 『시경』에 수록된 버림받은 여인의 원망을 토로한 노래에서 따온 구절이다. 원래 시는 "황새는 통발에서 물고기를 먹는데, 학은 숲에서 굶주리네"(有鷥在梁, 有鶴在林)이다. 황새는 사랑받는 여인을 뜻하고, 학은 버림받은 여인을 뜻한다. 푸른 저고리는 『시경』의 "푸른 저고리 누른 치마로구나"(綠衣黃裳)라는 노래에서 따온 말이다. 전통적으로 푸른빛보다 누른빛이 존귀하기 때문에, 예법상 위에 입는 저고리가 누른빛이어야 한다. 그런데 이 노래에서는 오히려 치마가 누른빛이 되었다고 하여 상하의 질서가 전복된 것을 풍자하고 있다. 즉 방강이 입은 푸른 저고리는 그 첩이 아내보다 윗자리에 있다는 것을 상징한다.

부원군과 녹사

여흥부원군(驪興府院君) 민제(閔霽)는 매일 직무를 마치고 돌아와서 이웃집에 가 바둑을 두었다. 하루는 민제가 미복(微服) 차림으로 이웃집에 갔는데, 이웃집 노인이 나오지 않았다. 그래서 그는 혼자 그 집 누각에 앉아 있었다. 그때 어떤 녹사(錄事: 하급 관리)가 민제의 집에 와서 부원군께서 어디 계신지 물었다. 그러자 아이종이 말했다.

"외출하셨는데 어디로 가셨는지 모르겠어요."

녹사는 새로 임명되어 민제의 얼굴을 알지 못했다. 그는 이웃집에 가서 신을 벗고 누각에 올라가 다리를 문지방에 턱 걸쳐 앉은 다음 민제에게 물었다.

"노인장은 뉘시오?"

"이웃 사람이라오."

녹사가 또 물었다.

"노인장 얼굴에 뭔 주름이 그리도 많소? 얼굴 가죽을 실로 꿰매서 오므려 놓은 거 아니오?"

"저절로 이리 된 걸 어쩌겠소."

"노인장은 글을 좀 아시오?"

"그저 이름이나 적을 정도지요."

옆에 바둑판이 보이자 녹사가 말했다.

"노인장, 바둑은 둘 줄 아시오?"

"돌 놓는 법만 겨우 안다오."

"그럼 한 판 두어 봅시다."

마침내 두 사람이 바둑을 두었다. 민제가 먼저 바둑돌을 놓으며 물었다.

"어디서 오신 손님이오?"

녹사도 바둑돌을 놓으며 대답했다.

"부원군을 뵈러 왔소."

"내가 부원군이라면 어찌하겠소?"

"암탉이 새벽에 울 리 있겠소?"

잠시 후에 이웃집 주인이 와서 꿇어앉아 말했다.

"부원군 나으리, 오랫동안 여기 계신 줄 미처 몰랐습니다. 죽을죄를 지었습니다."

녹사가 깜짝 놀라 신발을 손에 들고 줄행랑을 치자 민제가 말했다.

"시골에서 온 신입 관리지만 기개가 높은 것을 보니 녹록지 않은 사람이군."

그때부터 민제는 그 녹사를 후하게 대우했다.

보통 사람이라면 버릇없게 행동한 말단 관리를 꾸짖을 법도 한데, 민제(1339~1408)는 오히려 그의 의기를 높이 평가했다. 민제는 태종의 장인으로 성품이 어질고 검소했다. '미복'은 지위가 높은 사람이 신분을 감추기 위해 입는 남루한 옷차림을 말한다.

임금을 몰라본 최지

최지(崔池)는 과거 급제 후 오랫동안 지방관으로 전전했다. 세조(世祖) 11년(1465)에 경회루(慶會樓) 아래에 선비들을 모아 놓고 글을 지어 재주를 겨루게 했다. 그때 최지가 시를 길게 읊조리며 천천히 걸어 궁궐 후원으로 들어섰다. 마침 세조가 미복 차림으로 후원에 나왔다가 최지와 마주쳤는데, 최지는 고개를 숙여 인사만 하고 절은 하지 않았다. 세조가 최지에게 물었다.

"너는 누구길래 멋대로 궁궐 안에 들어와 나에게 무례를 범하느냐?"

최지가 대답했다.

"나는 선비입니다. 궁궐에서는 오직 임금님 한 분이 존귀하실 따름이니, 어찌 감히 그대에게 따로 예를 차리겠소이까?"

최지는 이때 마주친 이가 보통 사람이 아니라 필시 왕자일 것이라고 생각해서 길가에 주저앉았다. 세조가 최지에게 말했다.

"자네는 원양(原壤) 같은 사람이군. 왜 웅크려 앉는가?"

잠시 뒤에 나인과 내시가 잇따라 이르자 최지는 놀라 두려워하며 사죄했다. 세조는 즉시 서현정(序賢亭)으로 가서 최지를 부르더니 경서(經書)와 역사책의 내용을 강론하게 했다. 최지는 세조가 묻는 대로 술술 대답하고 책의 심오한 뜻을 일일이 정밀하게 설명했다. 세조는 매우 기뻐하며 손수 술을 따라 주었다. 최지는 연거푸 몇 잔을 들이켰지만 안색이 아주 태연했다. 세조가 말했다.

"이처럼 성리학에 정통한 선비를 뒤늦게 알다니 한스럽구나!"

세조는 곧바로 최지를 성균관 사예(司藝: 정4품 관직)로 임명했다.

큰 실수가 오히려 복이 된 경우다. 세조는 자신을 알아보지 못한 최지를 처벌하지 않고 오히려 그의 대범한 성격을 아껴 재능을 펼칠 기회를 주었다. 최지는 미처 임금을 알아보지 못했지만, 세조는 신하를 알아보는 안목을 지녔던 것이다. 경회루는 경복궁의 누각이고, 서현정은 경복궁 후원의 정자다. 원양은 공자(孔子)의 친구인데, 무례하게 다리를 뻗고 앉았다가 공자에게 질책을 받은 인물이다.

장원 급제

최호(崔灝)가 일찍이 이렇게 말했다.

"내가 김관(金瓘)과 함께 성균관에서 공부할 때, 김관이 문장가로 매우 유명했지. 동기들이 모두 그를 떠받들었고, 나도 태산처럼 그를 우러러보면서 항상 그의 뒤를 따랐다네. 그런데 과거 시험 합격자 발표 날에는 내가 맨 앞줄의 윗자리에 서게 되었고, 김관은 내 뒷줄에서 내 궁둥이를 보고 섰으니, 참으로 우스운 일이 아닐 수 없네."

또 말했다.

"시험 날에 내가 옷깃을 바로 하고 자리에 앉으니 시험관이 경서의 뜻을 질문하기를 법관이 죄인 심문하듯 했다네. 내가 그 질문에 하나하나 거침없이 대답하여 마침내 장원 급제했지. 합격자 공고가 난 뒤에 합격자들이 거리에서 행진하는데, 구경하는 사람들의 양산이 구슬주렴처럼 끝없이 펼쳐져 있었고, 광대들은 꿩이 날아오르는 듯 춤을 추었지. 나는 밤색 말에 걸터앉아 고삐를 당겨 말 머리를 추켜올렸다네. 나는 기생 초요경(楚腰輕)의 집 앞에 이르러 광대에게 말했지.

'이 문 안에 내 장원 급제 소식을 들을 사람이 있으니, 내가

온 걸 큰 소리로 알리거라!'

광대가 '어허랑'(御許郞)이라고 소리치자 그 소리가 공중에 울려 퍼지더군. 초요경이 그 소리를 듣자마자 머리에 되는 대로 비녀를 꽂고 동백기름이 얼룩덜룩한 초록빛 겹옷을 걸치고 붉은 빛 소매를 걷어 올린 채 뛰어나와 문에 기대어 나를 엿보았다네. 나는 앞에 있는 나졸에게 명하여 이런 말을 전하게 했지.

'네가 교만 방자하여 내 말을 들은 척도 않더니 오늘은 과연 어떠냐. 내가 만일 예조좌랑이 된다면 네가 내 회초리를 견딜 수 있겠느냐?'

초요경이 분이 나서 턱을 쳐들고 입술을 삐쭉이며 종종걸음으로 들어가면서 말했지.

'이제야 볼기의 먼지를 털 수 있겠군!'"

조선 시대에 과거 급제자는 사흘 동안 광대를 데리고 풍악을 울리면서 거리를 돌았다. 이를 '유가'(遊街)라고 한다. '어허랑'은 과거 급제자가 거리에서 행진할 때 소리꾼이 앞에서 춤추며 외치던 소리다. 예조좌랑의 임무 중에는 관기(官妓)를 관리하는 일도 있다. 초요경은 세조 대의 유명한 기생으로, 가무(歌舞)를 잘하여 궁궐 잔치에 여러 번 불려 들어갔고, 왕족들과 염문을 뿌렸다. 동백기름이 얼룩덜룩한 겹옷을 입었다는 것은, 초요경이 머릿기름으로 머리를 단장하다가 급히 나왔기 때문이다. "볼기의 먼지를 털 수 있겠군"이라는 초요경의 말은, 볼기를 칠 테면 쳐 보라는 뜻이다.

윤통의 속임수

경상도 선비 윤통(尹統)은 익살맞고 입심이 좋아 항상 남들을 속이기를 일삼았다. 어느 날 그는 영남의 여러 고을을 돌아다니다 한 고을에 이르렀다. 기생을 데리고 방에 있는데 한 아전이 그 앞을 왔다 갔다 하면서 기생에게 자꾸 눈짓을 했다. 윤통은 그들의 관계를 눈치채고 한밤중에 일부러 코를 드르렁드르렁 골면서 자는 척을 했다. 기생은 윤통이 깊이 잠들었다고 생각하여 살그머니 방에서 나갔다. 윤통 역시 몰래 기생을 뒤따라갔다. 아전이 마침 창밖에 와 있다가 기생의 손목을 붙잡고 같이 갔다. 기생이 말했다.

"달빛이 물빛처럼 밝네요. 여긴 아무도 없으니 우리 춤춰요."

기생과 아전은 마주 서서 너울너울 춤을 추었다. 윤통이 처마 밑을 보니 한 아전이 초립을 옆에 놓고 누워 자고 있었다. 윤통은 초립을 가져다가 머리에 눌러쓰고 춤추는 두 사람 옆에 가서 같이 춤을 추었다. 아전이 말했다.

"우리 둘이 즐겁게 노는데 네 놈은 웬 놈이냐?"

윤통이 말했다.

"난 동쪽 윗방에 묵는 손님이오. 두 분이 춤추는 걸 보니 너무 부러워 두 분의 즐거움을 더해 드리려고 나왔소."

아전이 윤통을 알아보고 용서해 달라고 청했다. 윤통이 말했다.

"너는 지금 관아에서 무슨 일을 하느냐?"

"물건 만드는 일을 하는 장인(匠人)입니다. 가죽을 다루고 있습니다."

"가죽이 몇 장이나 있느냐?"

"사슴 가죽이 일곱 장이고, 여우 가죽이 수십 장이옵니다."

"내가 관아 수령을 만나서 가죽을 요구할 터이니 너는 한 장도 숨기지 말고 다 내오너라. 그러지 않으면 수령에게 네가 한 일을 전부 말할 테다."

아전은 윤통의 말대로 하겠다고 하고 물러갔다. 이튿날 윤통이 수령과 함께 관청에 앉아 있다가 말했다.

"신발을 만들려고 해도 사슴 가죽이 없고, 옷을 만들려고 해도 여우 가죽이 없구려. 혹시 여분이 있으면 좀 찾아봐 주시겠소?"

수령이 대답했다.

"자네는 어디서 우리 고을에 가죽이 있다는 소리를 들었나? 있다고 해도 몇 장 안 되네."

수령이 아전을 불러 가죽을 가져오게 하니 아전은 있는 대로 모조리 내놓았다. 결국 윤통은 가죽을 몽땅 싸 가지고 돌아왔다.

윤통이 다른 고을에 들러 여관에 묵었는데, 상복을 입은 어여쁜 기생이 밖에서 왔다 갔다 하고 있었다. 물어보니 기생이 모친상을 당했다고 했다. 윤통이 종이 한 권을 찾아 장롱 사이에 끼운 뒤에 그 장롱을 창밖에 두었다. 그러고는 창문을 닫고 앉아 기생이 지나가는 때를 틈타 중얼거렸다.

"여러 고을을 돌아다녔건만 좋은 물건은 얻지 못하고 겨우 얻은 게 장롱에 가득 찬 종이뿐이구나! 말[馬]은 약하고 짐은 무거우니 어떻게 가져간담?"

윤통의 하인은 주인의 뜻을 알아차려 동료들에게 넌지시 말했다.

"우리 나리는 기생을 좋아하셔서 얻은 물건을 기생에게 다 주고 가신다네. 이번에 얻은 종이는 누구에게 주시려나?"

기생은 당장 초상을 치러야 하는데 종이가 없었다. 그래서 이 말을 듣고 매우 마음이 동했다. 밤을 틈타 기생은 윤통의 방에 들어와 오래 머물면서 나가지 않았다. 윤통은 애초부터 거짓말로 유혹한 것이라 기생에게 줄 종이가 없었다. 윤통은 크게 소리를 질렀다.

"상을 당한 여자가 내 방에 들어왔다!"

기생은 부끄러워 도망쳤다.

윤통이 숙부와 함께 서울을 다녀오는데 숙부의 말은 검은빛에 이마가 희었고, 윤통의 말은 온통 검은빛이었다. 매일 밤 역에 도착하면 숙부는 윤통의 말은 기둥에 묶어 놓고 자기 말에게만 여물을 주었다. 윤통이 이를 알고 자기 말의 이마에 흰 종이를 붙이고, 숙부 말의 이마에는 검은 종이를 붙였다. 그러자 숙부는 어두운 밤에 두 말을 구별할 수 없어 자기 말을 기둥에 매 놓고 윤통의 말에게만 여물을 먹였다. 숙부는 자기 말이 점점 수척해져 일어나지도 못할 지경이 되어서야 비로소 윤통에게 속았음을 알았다.

윤통은 집이 없는 걸 걱정하던 차에 시주를 모으는 데 일가견이 있는 중과 사귀어 매우 친해졌다. 윤통이 중에게 말했다.

"내가 절을 한 채 지어, 평생 지은 죄를 씻어야겠소이다."

중이 기뻐하며 그 말에 응수했다.

"선비께서 전생에 보살이셨기 때문에 그런 마음이 들었나 봅니다."

윤통이 말했다.

"경주에 옛 절터가 있는데 터 뒤에는 산이 있고 주위에는 물이 빙 둘러 있어 경치가 아주 좋더군요. 거기에 절을 하나 세워 봅시다."

윤통은 절을 세우기 위해 보시를 청하는 글을 중에게 써 주었다. 중은 성심껏 시주를 모아 절을 세울 재물을 변통했고, 윤통도 힘을 보탰다. 드디어 절을 세울 재목을 마련하고 터를 닦아 건물을 세웠다. 건물의 모양은 보통 절과는 좀 다르게 하여 온돌방을 많이 만들었다. 또 문 앞의 황무지를 개간해서 채소밭도 만들었다. 절의 단청이 다 칠해지고 불상도 만들어지자 중은 절이 완공된 것을 축하하기 위해 법연(法筵)을 열고자 했다. 윤통이 말했다.

"우리 아내도 불공을 드리러 오겠다고 하오."

중이 허락하자 윤통은 부인과 함께 집안 식구들과 하인들을 모두 데리고 절에 들어와 머물렀다. 윤통은 병을 핑계로 며칠 동안 절에 머물며 집안 세간까지 전부 절로 옮겼다. 윤통의 식구들이 절을 모두 차지했기 때문에 중들은 절에 들어올 수 없었다. 중은 관아에 소송했지만 관아에서도 일을 바로 처리해 주지 않고 질질 끌었다. 결국 절은 윤통의 집이 되고 말았다. 집안에는 아무런 해가 없었고 윤통도 여든 살까지 장수했다.

윤통은 세조 대의 인물로, 풍수학(風水學)을 잘하고 농담을 잘했다고 한다. 그는 상대의 약점이나 속셈을 파악하여 이를 이용하는 데 능했다. 승려를 속이고 절을 빼앗았지만 아무 제제도 받지 않았다는 대목에서 당시 불교가 세력을 잃었음을 알 수 있다. '종이 한 권'의 '권'은 한지를 묶어 세는 단위로 한지 스무 장을 말한다. 초립은 갓의 일종이다.

자운아의 품평

손비장(孫比長)이 전라도에 공무(公務)를 보러 내려갔다. 그곳에서 그는 나주(羅州) 기생 자운아(紫雲兒)를 총애했다. 자운아는 본래 한양에서 태어나 자랐고 장악원에서 일급 기생이라 자부했는데, 죄를 지어 나주로 귀양 와 있는 처지였다. 손비장은 세상물정에 어두운 선비였지만, 자운아는 당대에 이름난 기생이었다. 자운아는 관청에서 손비장을 모시라고 해서 모시기는 했지만 속으로는 항상 손비장을 탐탁지 않게 여겼다.

하루는 선비들이 자신들의 시문을 가져와서 손비장에게 품평을 해 달라고 청했다. 자운아가 이를 보고 손비장에게 물었다.

"어떤 식으로 우열을 판별하지요?"

손비장이 답했다.

"가장 뛰어난 경지는 1등급인데, 그 등급 안에서 또 상상(上上)·상중(上中)·상하(上下) 순서로 차등이 있느니라. 그다음 경지는 2등급인데, 그 안에서 또 이상(二上)·이중(二中)·이하(二下)의 차등이 있느니라. 그다음은 3등급인데, 그 안에서 또 삼상(三上)·삼중(三中)·삼하(三下)의 차등이 있느니라. 이 세 등급에 들수 없는 것은 4등급으로, 그 안에서 또 차상(次上)·차중(次中)

·차하(次下)의 차등이 있고, 가장 떨어지는 건 '경지경'(更之更)
이라 하느니라."

얼마 뒤에 손비장은 일을 마치고 한양으로 돌아갔다. 조근
(趙瑾)이 전주(全州)의 수령이 되어 나주로 와서 자운아를 좋아
했다. 두 사람이 침상에서 다정하게 이야기하던 중에 조근이 자
운아에게 물었다.

"너는 많은 사람을 겪어 봤겠지. 나는 그 가운데 몇 등이나
되겠느냐?"

자운아가 대답했다.

"공께서는 겨우 '삼하'(三下)에 들 따름입니다."

"어디서 그런 말을 배웠느냐?"

"손비장이 알려 주었습니다."

조근이 다시 물었다.

"그럼 손비장은 몇 등 정도더냐?"

자운아가 대답했다.

"말이 필요 없이 '경지경'이더이다. 오직 군수(郡守) 정문창
(鄭文昌)만이 넉넉히 2등급에 들어갈 것입니다."

노공필이 이 일을 희롱하여 시를 지었다.

호남에 온 관리 중에 황당한 이 누구인가?

다름 아닌 이조정랑 사북량(絲北良)이지.
삼 년의 풍류가 회자됐건만
정문창이 있는 줄은 몰랐다오.

이 시는 당시(唐詩)를 모방한 것이다. 병신년(1476) 과거 시험 때 손비장이 장원을 했다. 이때 홍귀달(洪貴達)이 시험관이었는데, 손비장에게 다음과 같은 편지를 보내 축하했다.

"그대가 지은 글이 상상(上上)이니, 옛날에 경지경의 수준이었을 때와는 차원이 달라졌구려."

그 뒤로 임금이 성균관에 행차하여 스승을 높이는 예를 행할 참이었다. 당시 손비장은 예방승지(禮房承旨)를 맡고 있었다. 채수가 길에서 손비장을 만났는데, 그의 얼굴에 근심이 가득 서려 있었다. 채수가 말했다.

"자네 왜 그렇게 얼굴이 안 좋은가?"

"삼로오경(三老五更)의 적임자를 결정해야 하는데, 영산부원군(永山府院君)은 불교를 좋아해서 안 되고, 하동부원군(河東府院君)은 혐의가 있다네. 이렇게 큰 행사의 날짜가 임박했는데, 여태껏 정하지 못해서 걱정일세."

"임금님께서 대신들과 의논해 정하실 일이니 자네가 걱정할바 아닐세. 또 어쩔 수 없다면 정하는 게 뭐가 어렵겠는가?"

손비장은 얼굴에 화색이 돌면서 적임자가 누구인지 채수에게 묻자, 채수가 답했다.

"파주부원군(坡州府院君) 앞집에 첨정(僉正) 이삼로(李三老)가 살고 있으니, 그 사람을 삼로(三老)로 삼으면 되지. 자네가 자운아에게 '경지경'이라는 평을 받아 이미 이경(二更)이 되었으니, 만일 세 사람에게 더 '경'이라는 평을 받는다면 곧 오경(五更)이 되지 않겠나?"

이 말을 들은 사람들이 모두 배를 잡고 웃었다.

위 시의 '사북량'이라는 말은 손비장이 어릴 적 생원 시험을 볼 때 생긴 것이다. 시험 합격자 명단이 붙었는데 합격자의 이름이 초서(草書)로 쓰여 있었다. 손비장은 합격자 공고문을 보고 겁에 질려 사색이 되어 말했다.

"내 이름이 없어. 어떡하지?"

손비장의 친구가 명단을 손으로 가리키며 말했다.

"저기 몇째 줄에 자네 이름이 있지 않은가."

손비장이 다시 말했다.

"저건 '손비장'(孫比長)이 아니라 '사북량'(絲北良) 아닌가?"

지금까지 이 이야기를 들은 사람은 모두 웃음을 참지 못한다.

자운아는 성종 시대의 명기(名妓)로 왕족의 첩이었는데, 왕족의 사촌 매부와 간통한 죄로 나주 고을의 노비가 되었다. '손비장'(孫比長)과 '사북량'(絲北良)을 초서로 쓰면 그 글자 모양이 흡사하다. 과거 시험을 통과한 선비라면 초서체로 쓴 자신의 이름 정도는 알아보아야 하는데, 손비장은 그러지 못한 것이다. 조선은 삼로오경을 뽑아 원로(元老)를 우대하는 예법을 행했다. 이때 삼로오경이 될 원로는 여러 사람의 존경을 받는 인물이어야 하는데, 채수는 삼로와 오경으로 말장난을 한 것이다.

호랑이 쫓은 강감찬

호랑이 쫓은 강감찬

강감찬(姜邯贊)이 한양 판관으로 있을 때의 이야기다. 한양에 호랑이가 많아 물려 죽은 사람이 속출했다. 부윤(府尹)이 크게 걱정하니 강감찬이 이렇게 말했다.

"매우 쉬운 일입니다. 사나흘이면 없앨 수 있습니다."

그러고는 종이에 뭔가를 써서 아전에게 주며 말했다.

"내일 새벽 북쪽 골짜기로 가면 노승(老僧)이 바위 위에 웅크리고 앉아 있을 테니 불러오너라."

아전이 그 말대로 가 보니 과연 노승 하나가 남루한 옷을 입고 흰 베로 만든 두건을 쓴 채로 새벽 서리를 맞으며 바위 위에 앉아 있었다. 노승은 강감찬이 써 준 글을 보더니 관리를 따라왔다. 그는 강감찬에게 정중하게 절을 올리고는 감히 고개를 들지 못하고 연신 머리를 조아렸다. 강감찬이 노승을 꾸짖으며 이렇게 말했다.

"네 비록 짐승이지만 신령한 동물이거늘 어찌 이토록 사람을 해친단 말이냐? 닷새의 말미를 줄 터이니 너희 무리를 이끌고 다른 곳으로 옮겨 가거라. 그렇지 않으면 활과 화살로 너희를 모두 죽여 버리겠다."

그러자 노승은 머리를 조아리며 사죄했다. 부윤이 크게 웃으며 말했다.

"강 판관, 왜 이러시오? 중이 어째서 호랑이란 말이오?"

강감찬이 노승에게 말했다.

"네 본모습을 보여도 좋다."

그러자 노승은 한바탕 으르렁거리더니 큰 호랑이로 변하여 난간과 기둥을 부여잡았다. 그 울음소리가 몇 리 밖까지 진동하였다. 부윤은 그만 정신을 잃고 쓰러졌다.

강감찬이 말했다.

"이제 그만하거라."

이에 호랑이는 몸을 날려 다시 노승으로 변신하여 공손히 절한 뒤 물러갔다. 이튿날 부윤은 아전에게 명령을 내려 동쪽 교외에 가서 살펴보게 했더니 늙은 호랑이가 앞장서고 작은 호랑이 수십 마리가 그 뒤를 따라 강을 건너고 있었다. 그 뒤로 한양에서는 호랑이로 인한 인명 피해가 없었다.

강감찬의 처음 이름은 은천(殷川)이었다. 그는 과거 시험에서 장원 급제하여 벼슬이 수상에 이르렀다. 그는 몸집이 왜소하고 귀가 작았다. 어느 날 강감찬은 풍채가 좋은 거지에게 옷을 잘 입혀 앞줄에 세우고 자신은 떨어진 옷을 입고 뒤에 섰다. 그랬더니 송(宋)나라 사신이 앞사람을 보고 말했다.

"용모는 훌륭하나 귀의 윤곽이 불분명하니 필시 거지로구나."

이어 강감찬을 보고는 두 손을 모아 절한 다음 말했다.

"염정성(廉貞星)이 중국에 나타나지 않은 지 오래되었는데, 이제 보니 동방에 계셨군요."

염정성은 별 이름이다. 이 별의 기운을 타고난 사람은 청렴 강직하다고 한다. 강감찬의 출생에 대한 이야기는 여러 자료에 남아 있는데, 강감찬이 태어나던 날 그 집에 별이 떨어졌다는 설화가 전한다.

최영의 붉은 무덤

최영(崔瑩)이 어릴 적에 그의 부친은 늘 이렇게 타일렀다.

"황금 보기를 돌같이 하라."

최영은 이 말을 띠에 적어 늘 차고 다니며, 평생 그 가르침을 잊지 않았다. 그는 재상이 되어 위세가 대단했지만 터럭만큼도 남의 것을 건드리지 않아 근근이 먹고살 정도였다.

그 당시 높은 벼슬아치들은 서로 집에 초대하여 바둑이나 두면서 한가하게 시간을 보내고 진수성찬을 차리는 등 사치 행각을 일삼았다. 그러나 유독 최영은 손님을 초대해 놓고는 오후가 되었는데도 음식을 대접하지 않다가, 저물녘이 되어서야 기장과 쌀을 섞고 불을 때어 밥을 짓더니, 나물 몇 가지랑 함께 손님들에게 내놓았다. 손님들은 쫄쫄 굶은 터라 나물밥을 싹싹 비우고 이렇게 말했다.

"밥이 참 맛있습니다."

최영이 웃으면서 대답했다.

"이것도 군대를 통솔하는 요령이지요."

태조(太祖)가 시중(侍中: 고려의 수상)으로 있을 적에, 다음과 같은 시 한 구절을 지었다.

석 자 되는 칼로 나라를 안정시키고,

당대의 문인들 모두 여기에 짝이 되는 구절을 짓지 못했다. 그런데 최영이 갑자기 이렇게 읊는 것이었다.

한 가닥 채찍으로 천하를 평정하리.

모두 감탄했다.

최영은 언제나 임견미(林堅味)와 염흥방(廉興邦)의 행태에 분노하여 그 집안사람들까지 모두 처형했다. 나중에 최영이 사형받게 되었을 때 이렇게 말했다.

"나는 평생 악업(惡業)을 지은 적이 없다. 다만 임견미와 염흥방을 처벌할 때 그의 집안사람들까지 모두 처형한 것이 지나쳤을 뿐이다. 내가 만약에 평생 단 한 번이라도 탐욕스러운 마음을 가졌다면 내 무덤 위에 풀이 날 것이고, 그렇지 않았다면 풀이 나지 않을 것이다."

최영의 무덤은 고양(高陽)에 있는데, 지금까지 풀 한 포기 나지 않고 붉은 흙뿐이다. 그래서 세상 사람들은 이 무덤을 '붉은 무덤'이라는 뜻의 '홍분'(紅墳)이라 부른다.

최영은 한정된 군량미나 군수품을 가지고 군대를 이끌어야 할 때, 짐짓 배급을 지연시켜 배급되었을 때의 기쁨을 늘리는 방법을 사용했던 모양이다. 최영은 이성계의 시구를 완성했지만, 두 사람의 운명은 정반대였다. 임견미과 염흥방은 고려 우왕 때의 무신으로, 많은 문신을 축출하고 백성의 토지를 빼앗았다.

이방실 남매의 용맹

고려 장수 이방실(李芳實)은 젊은 시절 날래고 용맹하여 적수가 없었다. 그가 황해도를 돌아다닐 적의 일이다. 길을 가다가 홀연히 풍채 좋은 사내를 만났다. 그 사내는 활과 화살을 들고 이방실의 말(馬)을 가로막더니 이렇게 말했다.

"나리, 어디로 가십니까? 제가 뫼시겠습니다."

이방실은 그가 도적이라는 걸 눈치챘지만 잠자코 있었다. 10여 리를 가자 밭 가운데 비둘기 한 쌍이 앉아 있었다. 도적이 말했다.

"쏘아 맞히실 수 있겠습니까?"

이에 이방실이 활을 쏘아 화살 하나로 비둘기 두 마리를 한꺼번에 잡았다. 날이 저물자 빈집에 묵었다. 이방실은 활과 화살을 풀어 놓고 도적에게 맡기며 말했다.

"내 잠깐 볼일 보고 올 테니 너는 여기서 기다려라."

이방실이 측간에 들어가 쪼그려 앉았는데 도적이 활을 힘껏 당겨 쏘았다. 그러자 이방실은 날아온 화살을 손으로 잡아 측간에 꽂아 두었다. 이렇게 10여 번을 하자 화살 한 통이 모두 바닥났다. 이에 도적이 항복하고 엎드려 목숨만은 살려 달라고 빌었다. 마침 옆에 높이가 몇 길 되는 상수리나무가 있었다. 이방실은 몸을 솟구쳐 곧장 뛰어올라 한 손으로 나무 꼭대기를 잡아 나무를 구부러뜨리더니, 다른 손으로 도적의 머리털을 잡아 나무 끝에 묶은 다음 칼로 머리 가죽을 그어 버렸다. 그러자 나무 끝이 공중을 가로질러 튕겨 올라가 도적은 머리털이 몽땅 뽑히고 몸은 땅으로 떨어졌다. 이방실은 뒤도 돌아보지 않고 가 버렸다.

이방실은 만년에 높은 지위에 있을 때 다시 그곳을 지나가다 어떤 농가에서 하룻밤을 묵었다. 그 집은 대단히 부유했는데, 노인이 지팡이를 짚고 몸소 나와 맞이하고 술과 안주를 잔뜩 차려 대접했다. 술이 거나해지자 노인은 눈물을 흘리며 말했다.

"제가 젊은 시절 힘센 것만 믿고 도적이 되어 무수히 많은 행인을 죽이고 재물을 빼앗았죠. 그러던 중 한 소년을 만났는데, 용맹이 하도 뛰어나 대적할 만한 사람이 없었습니다. 제가 그 소년을 해치려다 도리어 해를 입어 죽을 뻔했습니다. 그 후에 잘못을 뉘우쳐 오직 농사에만 힘쓸 뿐, 다시는 다른 사람을 죽이고 재물을 빼앗는 짓은 하지 않았습니다."

이어서 그는 모자를 벗어 머리를 보여 주었는데, 머리와 이마가 반들반들하여 머리털이 없었다.

이방실에게는 누이동생이 있었는데, 날래고 용맹스럽기로 역시 대적할 만한 사람이 없었다. 벽에 작은 나뭇가지를 꽂아 두고 남매가 그 위에 올라가 걸어 다녔는데, 이방실이 걸어 다니면 가지가 흔들렸지만 누이동생이 걸어 다니면 가지가 흔들리지 않았다. 또 하루는 누이동생이 비쩍 마른 시동(侍童)과 피곤에 지친 말을 이끌고 남강(南江)을 건너려 했다. 배에 탄 사람들이 서로 먼저 건너가려 다투느라 누이동생을 밀어냈다. 그러자 누이동생이 크게 노하여 배 젓는 노를 들고 그 사람들을 마구 때렸는데, 어찌나 힘이 센지 마치 날아다니는 송골매 같았다.

이방실(?~1362)은 고려에 침입한 홍건적을 물리친 명장(名將)이다. 장수보다 누이가 더 용맹하다는 설정은, 아무리 재주가 뛰어나더라도 세상에는 더 나은 자가 있기 마련이니 겸손해야 한다는 이치를 깨닫게 한다. 뛰어난 장수는 종종 비극적인 죽음을 맞는데, 이방실 역시 간신 김용(金鏞)의 계략에 빠져 억울하게 주살(誅殺)되었다.

하경복의 죽을 고비

하경복(河敬復)이 예전에 이런 이야기를 들려준 적이 있다.

"나는 젊은 시절 용감한 덕에 죽을 고비를 세 번 넘겼다네. 태종(太宗)께서 내란(內亂)을 평정하실 때의 일이네. 그때 내가 잘 아는 사람이 궁궐에서 숙직을 하고 있었지. 함께 이야기나 나눌까 하고 궁궐에 들어갔는데, 마침 문이 닫히는 바람에 나갈 수 없게 되었지 뭔가. 방황하며 사방을 둘러보았더니 병졸 여럿이 몰려들어 내 목을 베려 하는 게 아닌가. 내가 팔을 휘둘러 위협하며 뒷걸음쳤더니 병졸들이 꿈쩍도 못하더군. 나는 곧장 임금님 앞으로 달려가 이렇게 호소했네. '저 같은 장사(壯士)를 죽인다면 무슨 이득이 되겠습니까?' 그랬더니 태종께서 나를 놓아주셨지. 이때 내가 용감하지 않았더라면 필시 죽었을 테지.

또 젊은 시절에 깊은 산속에서 사냥하다가 졸지에 사나운 호랑이를 만났다네. 피할래야 피할 곳이 없어 호랑이 턱 밑의 살을 잡고 막았지. 사람들이 모두 줄행랑을 쳐서, 구해 달라고 아무리 외쳐 봤자 오는 사람이 없더군. 짧은 칼 하나 없이 맨손으로 버티고 있는데, 벼랑 아래로 깊은 웅덩이가 보이는 거야. 그래서 호랑이를 밀어 조금씩 그쪽으로 갔지. 나도 그놈도 모두 지쳤고, 땀으로 뒤범벅이 되었네. 마침내 호랑이를 물속에 처넣으니, 그놈은 배 터지게 물을 마셔 맥을 못 추더군. 그래서 나는 작대기와 돌로 호랑이를 때려죽였네. 이때 내가 용감하지 않았더라면 필시 죽었을 테지.

또 한번은 국경에서 적을 막고 있었는데, 하루는 오랑캐 놈들이 말을 타고 구름처럼 몰려와 마치 비가 퍼붓듯이 화살을 쏘아 대지 뭔가. 수십 걸음 앞에 큰 나무가 있었는데, 오랑캐가 먼저 그곳을 차지하면 오랑캐가 이기고 우리가 먼저 차지하면 우리가 이길 판이었네. 그래서 나는 몸을 빼내 쏜살같이 달려가 결국 나무를 먼저 차지했지. 오랑캐도 쫓아왔지만 따라잡지 못했어. 이 때문에 전쟁에서 이겼으니, 이때 내가 용감하지 않았더라면 필시 죽었을 테지."

하경복은 벼슬이 판중추원사(判中樞院事)에 이르렀고, 가장 용감한 장수로 당대에 이름을 떨쳤다.

태종은 이방원(李芳遠)을 말한다. 태조에게는 전 왕비 한씨(韓氏) 소생의 여섯 아들과 계비 강씨(康氏) 소생의 두 아들이 있었다. 이방원은 그중 한씨 소생의 다섯째 아들이었다. 이방원은 조선을 개국하는 데 가장 큰 공을 세웠지만, 정도전(鄭道傳)의 견제를 받아 세자 책봉에서 탈락되었다. 태조는 강씨 소생의 방석(芳碩)을 세자로 책봉하고 정도전에게 세자를 돕게 하였다. 이에 불만을 품은 이방원은 태조 7년(1398) 정도전과 방석을 제거하고 실권을 장악했다. 하경복(1377~1438)이 오랑캐와 싸워 나무를 차지한 사건은 그가 10여 년간 북방을 수비하던 기간에 일어난 것이다. 판중추원사는 중추원(中樞院)의 정2품 관직이다.

강릉을 지킨 이옥

이옥(李沃)은 이춘부(李春富)의 아들이다. 그 아비가 사형당하는 바람에 이옥은 강릉부(江陵府)의 노비로 편입되었다. 이때 왜적이 동해에 쳐들어와 여러 고을을 불태우고 약탈하니 백성들이 모두 앞다투어 피란 갔다.

강릉부의 교외에는 큰 나무가 많았다. 이옥은 밤에 사람을 시켜 화살 수백 개를 나무마다 나누어 꽂아 두게 했다. 이튿날 이옥은 상복(喪服)을 벗고 말을 달려 바닷가로 나갔다. 먼저 화살 두어 발을 적에게 쏘고 거짓으로 패배한 척하며 나무 사이로 들어갔다. 왜적이 구름같이 몰려들자 이옥은 혼자 대항하여 나무에 꽂힌 화살을 뽑아 쏘고, 이리저리 말을 달리며 돌진하여 아침부터 저녁까지 악전고투를 그치지 않았다. 활시위를 헛되이 당기지 않아 쏘는 족족 반드시 명중하니 사상자가 매우 많았다.

이때부터 왜적이 감히 국경을 침범하지 못하여 강원도 일대가 그 덕분에 편안해졌다. 조정에서 그 공을 가상히 여겨 그에게 벼슬을 내렸다.

이 일화는 사료로 접하기 어려운 전투에서의 활약상을 구체적으로 보여 준다. 이옥의 부친 이춘부는 공민왕 때 홍건적을 물리쳐 재상이 되었지만 신돈(辛旽)의 몰락과 함께 사형당했다. 이옥은 재상 댁 도련님에서 졸지에 노비로 전락했음에도 나라를 지키기 위해 사력을 다하여 자신의 운명을 개척할 수 있었다.

박안신의 배포

맹사성(孟思誠)이 대사헌이고 박안신(朴安臣)이 지평(持平)으로 있을 때 왕족인 평양군(平壤君) 조대림(趙大臨)을 국문했는데, 미리 임금의 허락을 받지 않았다. 임금이 이 사실을 알고 크게 노하여 두 사람을 수레에 실어 저자거리에서 사형시키려 했다. 맹사성은 얼굴이 하얗게 질려 할 말을 잃었는데, 박안신은 조금도 두려워하는 기색이 없이 태연하게 있었다. 박안신이 맹사성의 이름을 부르며 말했다.

"너는 상급자이고 나는 하급자지만 지금은 죽게 되었으니 위아래를 따질 게 있겠느냐? 나는 네가 지조 있는 사람인 줄 알았는데, 오늘 어찌 이리도 벌벌 떤단 말이냐? 하도 두려워, 덜컹덜컹하는 수레 소리도 귀에 들리지 않느냐?"

그러고는 나졸에게 이렇게 말했다.

"기와 조각을 가져오너라."

나졸이 말을 듣지 않자 박안신은 눈을 부릅뜨며 꾸짖었다.

"내 말을 안 들으면 내가 죽은 뒤에 귀신이 되어서라도 기필코 너에게 먼저 저주를 내릴 테다."

이렇게 말하는 그의 목소리와 얼굴빛이 어찌나 무서웠던지

결국 나졸이 두려워하며 기와 조각을 가져다주었다. 박안신은
시를 지어 손톱으로 기와 조각에 새겼다.

　　일 잘못하여 죽어도 좋지만
　　임금께서 폭군이라 불릴까 걱정이구나.

이 기와 조각을 나졸에게 주며 박안신은 이렇게 말했다.
"어서 가서 임금님께 바치거라."
나졸은 하는 수 없이 그 기와 조각을 가져다 대궐에 바쳤다.
그 당시에 정승 성석린(成石璘)이 병든 몸을 이끌고 대궐에 가서
간곡하게 간언을 하니 임금도 노여움을 풀고 마침내 두 사람을
용서해 주었다.

이 글의 배경이 된 사건은 이렇다: 태종의 사위 조대림이 도성에서 군사를 일으켜 잡혔
다. 태종은 조대림이 무죄라고 믿었으나 신하들은 조대림을 심문해야 한다고 주장했다.
이에 태종은 맹사성(1360~1438)과 박안신(1369~1447)을 고문하고 그들에게 사형을
내렸다. 대신들이 모두 반대하자 맹사성은 종으로 삼고, 박안신은 귀양 보냈다. 맹사성
의 직분인 대사헌은 사헌부의 장관이고, 박안신의 직분인 지평은 사헌부의 정5품 관직
이다. 박안신이 지은 시는 자신은 죽어도 좋지만, 언관(言官)인 자신을' 죽인 태종이 역
사에 폭군으로 남을까 걱정된다는 뜻을 담고 있다.

너그러운 황희 정승

황희(黃喜)는 도량이 커서 자잘한 일에 얽매이지 않았다. 나이가 들고 지위가 높아질수록 더욱 겸손했다. 90여 세가 되었어도 늘 방 안에 앉아 온종일 말없이 책을 들여다볼 뿐이었다.

황희의 집 마당에 복사나무 열매가 무르익었는데, 마을 아이들이 다투어 따 가려고 했다. 황희는 방 안에서 천천히 아이들을 불러 말했다.

"다 따 가지는 말거라. 나도 맛 좀 보자꾸나."

잠시 뒤에 나가 보니, 복숭아가 하나도 남김없이 몽땅 사라졌다.

아침저녁 끼니마다 황희의 밥상에 아이들이 다투어 모여들면 황희는 밥을 덜어 내주었다. 아이들이 서로 다투어 지지고 볶는데도 황희는 단지 웃을 뿐이었다. 사람들이 모두 그 도량에 감탄했다.

황희가 재상으로 지내는 20년 동안 조정이 편안할 수 있었다. 조선이 건국된 이래 재상의 업적을 논하는 자들은 누구나 황희를 으뜸으로 친다.

조선 전기의 명재상 황희(1363~1452)의 인간미를 잘 보여 주는 일화다. 정치의 세계는 비정하다고들 하지만, 황희는 인간적이면서도 정치가로 성공한 인물이다. 황희가 20년의 긴 세월 동안 조정을 잘 이끌 수 있었던 것도 이러한 인간미에 힘입었을지 모른다.

강직한 선비 정갑손

정갑손(鄭甲孫)은 위엄스러운 용모에 키가 크고 수염이 아름다웠으며, 도량이 넉넉했다. 그의 집안은 대대로 정승을 지냈다. 그러나 그는 지조를 굳게 지켜 청빈하게 살아 집에 모아 둔 재물이 없었다. 베 이불과 짚방석만 가지고도 만족하며 살았다. 그는 권세 있는 사람들의 눈치를 보지 않고 불의를 보면 늘 바른말을 했다. 이런 그의 영향으로 탐욕스러운 사람은 청렴해지고 의지가 약한 사람은 강직해져서 그 덕분에 조정이 안정되었다.

예전에 대사헌으로 있을 때, 정갑손은 이조(吏曹)에서 벼슬아치를 잘못 뽑았다고 비판했다. 임금이 사정전에서 신하들과 회의를 할 때 하연(河演)과 최부(崔府)가 모두 그 자리에 있었다. 그 당시 하연은 정승이자 겸판서였고, 최부는 판서였다. 정갑손이 임금에게 아뢰었다.

"최부는 말할 것도 못 되고, 하연은 조금 사리(事理)를 알지만 그가 등용한 사람들이 모두 적임자가 아니니, 그 죄를 심문하소서."

그러자 임금은 웃으며 양쪽을 무마시켰다. 조회를 마치고 바깥으로 나와서 보니 하연과 최부가 물동이를 뒤집어쓴 것처럼 땀을 줄줄 흘리고 있었다. 정갑손은 빙그레 웃으며 천천히 말했다.

"각자 자기 직책을 다할 뿐, 두 분을 감히 해치려는 건 아니었습니다."

이렇게 말하고 나서 정갑손은 녹사(錄事)를 불렀다.

"두 분께서 몹시 더우신 모양이다. 너는 부채를 가져와 부쳐 드리거라."

정갑손이 말하는 모습은 온화하고 여유로웠으며, 조금도 두려워하거나 후회하는 기색이 없었다.

깐깐한 사람은 각박해지기 쉽다. 그러나 정갑손(1396~1451)은 인간적이고 온화함을 잃지 않으면서도 원리원칙을 지키는 미덕을 지니고 있었다. 정갑손은 청백리(淸白吏)로 명성을 떨쳤으며, 세종의 신임을 받았다. 하연(1376~1453)과 최부(1370~1452)는 세종 대의 문인으로 당시 최고 관직에 있었다. 하연은 영의정이었고, 최부는 이조판서였다. 겸판서는 판서를 감독하는 관리를 말한다.

정몽주의 절개

정몽주(鄭夢周)는 학문이 정밀하고 문장이 호방했다. 고려 말 수상(首相)이 되어 충성을 다해 나라를 돕는 것을 자기 임무로 삼았다. 왕조가 바뀔 즈음에 하늘의 뜻과 백성의 마음이 모두 조선 쪽으로 기울어졌건만 정몽주는 홀로 꿋꿋하게 절개를 지켰다. 평소에 잘 알고 지내던 승려가 정몽주에게 말했다.

"세상일이 어떻게 될지 뻔한데, 어째서 힘겹게 절개를 지키고 계십니까?"

정몽주가 답했다.

"종묘사직을 지키는 막중한 직책을 맡은 몸으로 어찌 감히 두 마음을 품을 수 있겠는가? 각오는 되어 있네."

하루는 권우(權遇)가 정몽주를 찾아갔는데, 마침 정몽주가 집에서 나오기에 그 뒤를 따라 마을 밖까지 나왔다. 그런데 난데없이 활과 화살을 멘 무사 여러 명이 정몽주가 탄 말 앞을 가로질러 가는 것이었다. 하인이 당장 비키라고 소리쳤으나 무사들은 비키지 않았다. 정몽주가 권우를 돌아보고 말했다.

"빨리 가게. 따라오지 말고."

권우가 그래도 따라가자 정몽주는 발끈 노하여 말했다.

"어째서 내 말을 듣지 않는가?"

권우는 할 수 없이 정몽주와 작별하고 집으로 돌아왔다. 조금 뒤에 사람이 와서 소식을 전했다. 정몽주가 암살되었다는 것이다.

권우(1363~1419)는 정몽주(1337~1392)의 제자였다. 정몽주는 신념을 지키기 위해 죽음을 각오했지만 자신이 죽는 길에 제자가 동행하기를 원치 않았다. 이후 권우는 정몽주의 뜻을 받들어 학문을 연마하고 수많은 제자를 배출했다.

김수온의 문장

김수온은 육경(六經)과 제자백가(諸子百家), 역사서에 능통하여 깊이 연구하지 않은 것이 없었고, 특히 불경(佛經)에 조예가 깊었다. 일찍이 그는 다른 사람에게 이렇게 말했다.

"공부할 때는 모름지기 책 한 권을 충분히 음미하면서 읽어야 한다. 그리고 그 의미에 대해 찬찬히 생각해야 하니, 조급히 서두르면 그 의미를 알기 어렵다. 나는 마음을 잡아 차분하게 독서에 임한 덕에, 읽는 대로 모두 통달한 것이다."

김수온은 젊은 시절 매번 남에게 책을 빌렸다. 성균관에 다닐 적에 매일매일 책을 한 장씩 뜯어 소매 속에 넣어 두고 다니면서 글을 외웠는데, 잊어버린 곳이 있으면 꺼내서 다시 보고, 다외웠으면 바로 버렸다. 그래서 책 한 권을 다 외우면 책이 거덜났다.

신숙주(申叔舟)가 임금에게 문장 선집을 하사받았는데, 장정(裝幀)이 정교해서 애지중지하며 손에서 놓지 않았다. 김수온이 신숙주에게 찾아가서 빌려 달라고 간절히 청하니 신숙주는 하는 수 없이 빌려 주었다. 그 후 보름이 지나 신숙주가 김수온 집에 찾아가 보니 김수온은 책을 낱낱이 찢어 조각조각 벽 위에 발라

놓았는데, 연기에 그을려 뭐라고 썼는지 알아볼 수 없었다. 이유를 물으니 대답하는 말이, 누워서 외우느라 그렇게 되었다는 것이다.

김수온의 글은 호탕한 기운이 넘쳐 마치 거대한 강물이 넘실넘실하여 막을 수 없는 것과 같았다. 누가 그에게 글을 지어 달라고 청하면 붓 가는 대로 쓸 뿐 초안을 잡는 법이 없었다. 더러 한꺼번에 여덟아홉 명이 글을 청하거든 여러 사람을 시켜 붓을 잡게 하고는 돌아가면서 입으로 불러 주었는데, 그 글들이 각각 적절한 내용과 형식을 갖추어 더 손볼 데가 없을 정도였다. 세조 때는 사리(舍利)와 서기(瑞氣: 상서로운 기운)를 축하하는 일이 많았다. 임금에게 올려야 하는 표문(表文)이 많다 보니 문장을 주관하는 자가 짧은 시간에 일일이 다 지을 수 없었다. 한림(翰林)에서 김수온에게 종이를 가지고 가면 곧바로 메아리처럼 응하는데, 대우(對偶)를 맞추는 것이 더욱 정교하였다.

예전에 김수온이 벼슬아치들과 문장을 논했는데, 그때 구종직(丘從直)이 이렇게 말했다.

"어르신의 뛰어난 글솜씨는 감히 바랄 수 없지만, 사서(四書)의 어려운 부분에 대한 해석만큼은 제가 양보할 수 없습니다."

이 말에 김수온이 발끈해서 말했다.

"그렇다면 자네와 한번 겨뤄 봐야겠구먼."

이때 마침 그 자리에 있던 김예몽(金禮蒙)이 사서(四書)에서 까다로운 대목을 뽑아 문제를 냈다. 구종직의 글이 먼저 완성되었는데 모두 진부하고 수준 낮은 말뿐이었다. 그다음으로 김수온의 글이 완성되었는데, 육경(六經)의 주석(註釋)을 자유자재로 인용하면서 논증하여 선배 학자들이 이르지 못한 경지에 도달했다. 그 뛰어난 학식에 사람들이 모두 감탄했다.

이날 영순군(永順君)이 김수온에게 말했다.

"내가 임금님의 은혜에 감사드릴 일이 있는데, 적당한 글을 나 대신 지어 주었으면 하오."

김수온은 그러겠다고 하고는 하연대(下輦臺) 근처에 이르러 이렇게 말했다.

"집에 돌아가면 게을러져 완성하기 어려울 테니 지금 지어 드리지요."

종이를 꺼내 펴 놓은 다음 자기가 입으로 부르면 유생(儒生)더러 받아 적게 하니 순식간에 글이 완성되었는데, 그 문장이 대단히 간결하고 정밀했다. 이 광경을 본 구종직은 땅바닥에 무릎을 꿇고 말했다.

"평소에 어르신의 글솜씨가 뛰어나다는 건 알고 있었지만 이 정도인 줄은 몰랐습니다. 오늘에야 비로소 하늘이 높은 것을 알았으니 다시는 어르신과 문장을 겨루지 않겠습니다."

명나라 사신 진한림(陳翰林)이 양화도(楊花渡)에서 시를 짓는데, 운자가 '이'(怡) 자(字)였다. 차운(次韻)하던 사람들이 모두 시 짓기에 어려운 운자라며 난색을 표했다. 이때 김수온이 시를 읊었다.

> 강이 깊어 유람선을 띄울 만하고
> 산이 멀어 갠 구름 기뻐할 뿐.

진한림이 말했다.

"'산중에 무엇이 있는가 / 고개 위에 흰 구름이 많네 / 스스로 즐거워할 뿐 / 가져다 임금님께 드릴 순 없네'라는 시구가 있는데, 그대는 참으로 이 시의 의취(意趣)를 알고 있구려."

기낭중(祈郎中)이 한강을 유람하면서 시를 읊는데, 운자가 '면'(眠) 자였다. 자리에 있던 문사들이 모두 한 편씩 화답했는데, 김수온이 홀로 끙끙거리며 깊이 생각에 잠겼다. 오랫동안 짓지 못하다가 마침내 두 구절을 다음과 같이 읊었다.

> 강가에 해가 기우니 사람들 절로 모이고
> 나루터에 바람 고요하니 백로는 꾸벅 조네.

이때 옆에 있던 주서(注書) 이창신(李昌臣)이 말했다.

"'사람들 절로 모이고'라는 구절과 '백로는 꾸벅 조네'라는 구절은 대(對)가 맞지 않는 듯합니다."

김수온이 바로 말했다.

"자네가 고칠 수 있겠는가?"

"'꾸벅'을 '한가롭게'로 고치면 어떻겠습니까?"

"자네 말이 과연 맞네. 나는 요새 시상(詩想)이 말라 버렸으니, 이는 침과 뜸으로도 고칠 수 없는 병일세."

자리에 있던 사람들이 모두 웃었다.

김수온은 시문(詩文)에는 뛰어났지만 집안 살림에는 무능했다. 그는 늘 침상에 서적을 펼쳐 놓고 그 위에 자리를 깔고 잤다. 사람들이 그 이유를 묻자 그는 이렇게 답했다.

"침상이 추운데 담요가 없어서일세."

문 앞에 큰 홰나무가 푸르게 우거져 시원한 그늘을 드리웠는데, 김수온이 종에게 도끼로 베어 버리라고 했다. 사람들이 그 이유를 묻자 그는 이렇게 답했다.

"땔감이 없는데, 밥을 지으려고 그런다네."

이런 일이 허다했다.

김수온(1410~1481)의 문장 실력은 오랜 노력을 통해 이루어진 것이다. 그는 과거에 급제하기 전 문을 닫고 방에서 글을 읽다가, 뜰에 내려가 낙엽을 보고서야 비로소 가을이 된 것을 알았다고 한다. 사리는 구슬 모양의 유골이다. 세조 때에는 오색구름이 나타나거나 사리가 수백 개 나오는 등 불교 신앙과 관련된 기이한 일이 많았다. 이에 세조는 수십 개의 사리탑을 세우고 여러 절을 창건했다. 영순군(1444~1470)은 세종의 다섯째 아들인 광평대군(廣平大君)의 아들이다. 하연대는 왕이 성균관에 행차할 때 임금의 가마를 내려놓는 곳이다. 구종직(1404~1477)은 문장에 뛰어났고, 경학(經學)에 밝았으며, 특히 『주역』(周易) 해석에 일가견이 있었다.

바보 사위

바보 사위

옛날에 어떤 선비가 사위를 보았는데, 사위가 어찌나 어리석던지 콩과 보리도 구분 못했다. 장가든 지 사흘째 되는 날, 사위는 곁에 있는 신부에게 상 위의 만두를 가리키며 물었다.

"이게 뭐요?"

신부는 "쉬, 쉬" 하고 신랑의 입을 막았다.

사위는 떡을 먹다가 그 속에 잣이 있는 걸 보고 또 물었다.

"이게 뭐요?"

신부는 "조용히 하셔요"라고 하며 역시 입을 막았다.

사위가 집에 돌아오자 부모가 물었다.

"처가에서 무엇을 먹었니?"

사위가 대답했다.

"'쉬쉬' 한 개랑 속에 '조용히 하셔요' 세 개가 든 걸 먹었어요."

처가에서는 바보 사위를 보고 혼인 맺은 것을 걱정하고 후회했지만 어쩌면 좋을지 알 수 없었다. 그러던 차에 하루는 쌀 쉰 말 정도 들어가는 큰 개오동나무 궤짝을 사서, 만약에 사위가 이게 뭔지 알면 내쫓지 않기로 했다. 아내는 밤새도록 남편을 가르

쳤다. 그리고 이튿날 장인이 사위를 불러 궤짝을 보여 주었더니, 사위가 몽둥이로 궤짝을 두드리며 말했다.

"이 개오동나무 궤짝에 쌀이 쉰 말 정도 들어가겠네요."

이 말에 장인은 매우 기뻐했다. 그다음에는 나무통을 사서 보여 주었더니 사위는 몽둥이로 통을 두드리며 말했다.

"이 개오동나무 통에 쌀이 쉰 말 정도 들어가겠네요."

장인이 신장병을 앓아 사위가 병문안을 갔다. 장인이 아픈 곳을 보여 주었더니 사위가 몽둥이로 장인의 신장 부위를 두드리며 말했다.

"이 개오동나무 콩팥에 쌀이 쉰 말 정도 들어가겠네요."

민담을 채록한 것이다. 『용재총화』에는 이런 유의 이야기가 적잖이 실려 있다.

점쟁이 따라 하기

옛날에 어떤 사람이 남몰래 전서구(傳書鳩)를 가지고 시골로 내려갔다. 도중에 어떤 집에서 묵고 새벽에 나왔는데, 그 집 사람들은 나그네가 무엇을 가지고 있는지 알지 못했다. 나그네가 시골에 이르자 전서구를 날려 서울로 보냈는데, 전서구는 예전에 묵었던 집에 들러 집 위를 빙빙 돈 뒤에 나갔다. 그 집 사람들이 전서구를 보고 모두 놀라 소경 점쟁이에게 물었다.

"비둘기도 아닌 것이, 참새도 아닌 것이 방울 같은 소리로 울면서 집을 세 바퀴 돌고 가더군요. 이건 무슨 징조인가요?"

"반드시 큰 화가 있을 겁니다. 제가 가서 액막이를 해 드리지요."

이튿날 점쟁이가 그 집으로 왔다.

"반드시 제 말대로 하셔야 합니다. 그러지 않으면 도리어 화가 심해질 겁니다. 지금부터 제가 하는 말을 잘 들으십시오."

이러더니 점쟁이는 큰 소리로 말했다.

"액막이에 쓸 쌀을 내놓아라."

그러자 모두 이렇게 따라 했다.

"액막이에 쓸 쌀을 내놓아라."

점쟁이가 말했다.

"액막이에 쓸 옷감을 내놓아라."

그러자 모두 이렇게 따라 했다.

"액막이에 쓸 옷감을 내놓아라."

점쟁이가 말했다.

"이거 왜들 이러시오?"

모두 또 따라 했다.

"이거 왜들 이러시오?"

점쟁이가 화를 내며 나가다가 문설주에 머리를 부딪쳤다. 그러자 모두 따라 나와 다투어 머리를 문설주에 부딪쳤다. 아이들은 사다리를 놓고 올라가 부딪치기도 했다. 점쟁이가 문밖으로 나가다가 그만 쇠똥을 밟고 미끄러져 넘어졌다. 그러자 사람들이 그를 따라 쇠똥에 미끄러져 넘어졌다. 쇠똥이 다 없어지자 쇠똥을 다시 땅에 뿌린 다음 미끄러져 넘어지는 사람도 있었다. 점쟁이가 당황해서 동아 덩굴 밑으로 들어가 숨자 모두 거기로 들어가니 사람이 산처럼 첩첩이 쌓였다. 미처 들어가지 못한 아이가 엉엉 울면서 "아빠, 엄마, 나는 어디로 가요?"라고 하자 그 부모는 이렇게 대답했다.

"동아 덩굴로 못 들어오니? 그럼 남쪽 산기슭의 칡덩굴 아래라도 들어가렴."

바보 가족 이야기를 통해 점쟁이의 말을 맹목적으로 신봉하는 행태를 희화화하고 있다. 점쟁이는 재물을 얻으려다 오히려 곤혹을 당한 셈이다. 전서구는 편지를 보낼 수 있도록 훈련된 비둘기를 말한다.

바보 형과 영리한 동생

옛날에 한 형제가 있었는데, 형은 바보이고 동생은 영리했다. 아버지 기일(忌日)이 되어 제사를 지내려 했으나, 집이 가난해서 아무것도 없었다. 형제는 밤을 틈타 이웃집의 벽을 뚫고 몰래 들어갔다. 그런데 마침 주인 영감이 집 주변을 돌고 있었다. 형제가 숨을 죽이고 섬돌 아래 엎드렸는데, 영감이 섬돌에 오줌을 누는 것이었다.

"웬일이지? 따뜻한 비가 내 등에 떨어지네?"

형이 동생에게 이렇게 말하는 바람에 형제는 결국 주인에게 붙잡히고 말았다. "너희, 어떤 벌을 받을래?"라고 영감이 묻자, 동생은 "썩은 새끼줄로 묶은 다음 겨릅대로 때려 주십시오"라고 했고, 형은 "칡으로 된 줄로 묶은 다음 물푸레나무로 때려 주십시오"라고 했다. 영감은 그 말대로 벌을 준 다음 왜 도둑질을 하려고 했는지 물었다. 동생이 말했다.

"아버지 기일에 제사를 지내려다 그만……"

영감은 불쌍하게 여겨, 곡식을 줄 테니 마음대로 가져가라고 했다. 동생은 팥 한 섬을 있는 힘껏 짊어지고 집에 돌아왔는데, 형은 겨우 팥 몇 알갱이를 새끼줄에 끼운 채 콧노래를 부르며 돌아왔다.

　이튿날 동생은 팥죽을 쑤고, 제사 지내 줄 스님을 모시고 오라고 형에게 말했다. 형이 물었다.

　"스님이 뭐니?"

　"산에 가서 검은 옷 입은 분을 보거든 와 달라고 부탁하세요."

　형이 가다가 나뭇가지 끝에 검은 새가 있는 것을 보고 이렇게 외쳤다.

　"선사님, 와서 제사 좀 지내 주세요."

　새는 울며 날아갔다. 형이 집에 돌아와서 동생에게 말했다.

　"스님께 부탁했더니, 까악까악하며 가더라."

　"그건 까마귀지 스님이 아니에요. 다시 가서 누런 옷을 입은 분을 보거든 부탁하세요."

　형이 산속으로 들어가 나뭇가지 끝에 누런 새가 있는 것을 보고 이렇게 외쳤다.

　"선사님, 와서 제사 좀 지내 주세요."

　새는 울며 날아갔다. 형이 집에 돌아와서 말했다.

　"스님께 부탁했더니, 꾀꼴꾀꼴하며 가더라."

　"그건 꾀꼬리지 스님이 아니에요. 제가 가서 스님께 부탁할 테니 형님은 여기 계세요. 혹시 솥의 죽이 끓어 넘치면, 죽을 퍼서 오목한 그릇에 담으세요."

　형은 처마에서 떨어진 낙숫물로 섬돌이 움푹 파인 것을 보고, 죽을 몽땅 거기에 쏟아부었다. 동생이 스님과 함께 돌아와 보니 솥이 텅텅 비어 있었다.

겨릅대는 껍질을 벗긴 삼대로, 속이 비어 있어 이것으로 맞아도 아프지 않다. 반면 물푸레나무는 목재가 단단하여 가구재로 쓰이는데, 이것으로 맞으면 매우 아프다. 또 동생이 택한 썩은 새끼줄은 쉽게 끊어지고, 형이 택한 칡 줄은 매우 질기다.

세 친구의 내기

옛날에 청주인(靑州人), 죽림호(竹林胡), 동경귀(東京鬼) 셋이서 함께 말 한 마리를 샀다. 청주인이 약아서 먼저 허리를 사고, 죽림호는 머리를, 동경귀는 꼬리를 샀다. 그런데 청주인이 이렇게 주장했다.

"허리를 산 사람이 말을 타는 게 당연하지."

결국 청주인이 가고 싶은 대로 말을 달리거든 죽림호는 꼴을 먹이고 고삐를 잡았으며, 동경귀는 말똥을 치웠다. 죽림호와 동경귀가 참다못해 이렇게 주장했다.

"지금부터는 가장 높이 올라갈 수 있는 사람이 말을 타기로 하자."

"나는 하늘 위까지 가 봤어."

죽림호가 이랬더니 동경귀가 말했다.

"나는 네가 간 하늘 위의 위에까지 가 보았다."

그러자 청주인이 말했다.

"그때 네 손에 닿은 물건이 있지? 기다란 것 말이야."

동경귀가 그렇다고 하니까, 청주인이 이렇게 말했다.

"그 기다란 게 내 다리야. 네가 내 다리를 만졌으니 내 밑에 있었던 게 틀림없지."

　대답할 말이 궁해진 그 둘은 청주인의 하인 노릇을 계속했다.

약은 사람을 어찌 당할 수 있으랴. 돌아가는 상황을 파악하고, 상대의 논리를 뛰어넘는
새로운 논의를 펴야 타인을 승복시킬 수 있다.

소경과 유생

서울의 명통사(明通寺)는 소경들이 모이는 곳이다. 그들은 매달 초하루와 보름에 한 번씩 모여서 경문을 읽고 축수를 드린다. 지위가 높은 사람은 법당(法堂)으로 들어가고 낮은 사람은 문을 지킨다. 문마다 파수꾼이 있어 아무나 들어가지 못한다.

어느 날 젊은 선비 하나가 살그머니 법당으로 들어가 대들보 위에 올라가 있었다. 소경이 작은 종(鐘)을 치려 하는데 서생(書生)이 종 끈을 당겨 종을 들어 올렸다. 그래서 소경은 허공을 쳤다. 그런 뒤 서생은 다시 종을 내려놓았다. 소경이 손으로 더듬어 보니 종은 제자리에 있었다. 이같이 서너 번 하자 소경이 이렇게 말했다.

"무언가가 법당의 종을 들었다 놓는 것 같은데요?"

그래서 소경들은 빙 둘러앉아 점을 쳤다. 한 소경이 말했다.

"벽에 붙어 있는 박쥐가 틀림없다!"

이에 모두 일어나 벽을 더듬어 보았지만 결국 아무것도 잡지 못했다. 또 한 소경이 말했다.

"대들보 위에 올라간 저녁닭이 틀림없다!"

이에 다투어 장대로 대들보 위를 치니, 서생은 아픔을 참지 못하고 땅으로 떨어졌다. 소경들은 서생을 포박하여 때렸다. 서생은 엉금엉금 기어 집으로 돌아왔다.

제 꾀에 제가 당한 격이다. 조선 시대에 맹인은 대부분 점쟁이가 되었다. 명통사는 서울 북부에 있던 절로, 맹인들이 이곳에서 국가의 복을 빌거나 기우제를 지냈다.

세상에서 가장 기이한 광경

옛날 개성(開城)에 바보 소경이 살았다. 그는 신기한 이야기를 좋아하여 소년을 만나 무슨 이상한 일이 없느냐고 물어보았다. 하루는 소년이 이렇게 말했다.

"요사이 매우 이상한 일이 있어요. 동쪽 길거리에서 땅이 쩍 갈라지더니 천 길 땅 밑에 오고 가는 사람이 훤히 보이고 닭 울음과 다듬이 소리가 또렷이 들리는 거예요. 제가 거기서 오는 길이라니까요."

"네 말대로라면 거 참 신기한 일이로구나. 두 눈이 멀어 보지는 못하지만 그 옆에 가서 그 소리라도 한 번 들을 수 있다면 죽어도 여한이 없을 텐데."

소경은 소년을 따라가 온종일 도성 여기저기를 돌고 다시 자기 집 뒷동산으로 왔다. 소년이 말했다.

"여깁니다."

소경은 자기 집에서 나는 닭 울음소리와 다듬이 소리를 듣고는 박수를 치면서 말했다.

"재미있구나. 재미있어."

그런데 소년이 소경을 떠밀어 그가 땅바닥에 굴러떨어졌다.

하인들이 어떻게 된 일인지 묻자 소경은 머리를 조아리고 손바닥을 비비며 말했다.

"저는 하늘 위에 사는 소경입니다요."

또 자기 아내의 웃음소리를 듣고 말했다.

"당신은 또 언제 여기 왔소?"

맹인을 골려 먹는 이야기이다. 웃자고 한 이야기지만 장애인에게 이런 행패를 부려서는 안 될 일이다.

미녀와 추녀

한 소경이 이웃 사람에게 미인을 소개해 달라고 늘 졸라 댔다. 하루는 이웃 사람이 소경에게 말했다.

"우리 이웃에 한 여인이 있는데 참으로 보기 드문 미인이라오. 자네 말을 했더니 흔쾌히 응하긴 하던데, 다만 재물을 많이 달라 하더군."

"그렇기만 하다면 재산을 탕진한들 아까울 게 있겠소?"

소경은 자기 아내가 없는 틈을 타서 주머니와 장롱을 뒤져 재물을 몽땅 주고 드디어 만날 약속을 했다. 약속한 날이 되자 소경은 옷을 잘 차려입고 갔다. 소경의 아내도 화장을 고친 뒤 뒤따라와서 먼저 방에 들어가 있었다. 그날 밤 소경은 두 번 절을 하고 예식을 치른 뒤에 자기 아내와 같이 잤는데, 사랑하고 아끼는 정이 평소와는 딴판이었다. 소경이 아내의 등을 어루만지며 말했다.

"오늘 밤이 무슨 밤이길래 이렇게 좋은 사람을 만났을까. 음식으로 치면 당신은 진귀한 곰 발바닥 요리나 표범의 태반(胎盤) 요리이고, 우리 마누라는 명아주 국에 잡곡밥이구려."

그러고는 재물을 많이 주었다. 새벽이 되자 소경의 아내는 먼저 집에 가 있었다. 이불을 껴안고 앉아 졸다가 소경이 문에 들어서는 것을 보고 물었다.

"어젯밤에 어디서 주무셨소?"

"아무개 정승 댁에서 경을 읽다가 밤 추위에 배탈이 났소. 술을 좀 데워 약으로 먹어야겠소."

이 말을 듣더니 소경의 아내가 이렇게 타박했다.

"곰 발바닥 요리에, 표범 태반 요리에, 명아주 국에, 잡곡밥까지 많이도 먹어 오장육부를 요란하게 했으니 병이 안 날래야 안 날 리가 있소?"

소경은 아무 말도 하지 못하고, 그제야 아내에게 속은 것을 알았다.

이 이야기는 '맹인 속이기'에 해당하는 민담이지만, 읽기에 따라서는 미추(美醜)는 사람의 '마음'에 달린 것일 뿐이라는 메시지도 담고 있다.

상좌의 스승 속이기 1

상좌(上座)가 사승(師僧)을 속이는 일은 예로부터 있었다. 옛날 어느 상좌가 자기 사승에게 말했다.

"까치가 은 젓가락을 물고 문 앞의 시무나무 위에 앉았습니다."

사승이 이 말을 곧이곧대로 듣고 나무 위로 기어 올라갔다. 그러자 상좌가 큰 소리로 외쳤다.

"우리 스승님이 구워 먹으려고 까치 새끼를 잡으시네!"

사승이 당황하여 허겁지겁 내려오다가 나무 가시에 찔려 온몸이 상처투성이가 되었다. 사승은 노발대발하여 상좌에게 회초리를 쳤다.

상좌는 밤에 몰래 사승이 드나드는 문에 큰 솥을 매달아 두고 큰 소리로 외쳤다.

"불이야! 불이야!"

사승이 놀라 급히 일어나다 솥에 머리를 부딪쳐 정신을 잃고 땅에 쓰러졌다. 한참 만에 정신을 차리고 나가 보니 불이 나지 않은 것이었다. 그래서 사승이 노발대발하여 상좌를 꾸짖으니, 상좌는 이렇게 말했다.

"먼 산에 불이 났길래 알려 드린 것뿐입니다."

그러자 사승이 말했다.

"이제부터는 가까운 데 난 불이나 알리도록 해라. 먼 데 난 불은 알릴 필요 없다."

사승은 스승이 되는 스님이고, 상좌는 사승의 여러 제자 가운데 가장 높은 제자다. 그만큼 상좌는 사승과 가장 오랜 시간을 보내며 사승과 가장 가까운 자리에 있기 마련이다. 그러다 보니 사승의 인간됨을 가장 잘 알기 때문에 그를 속이기도 쉬웠을 것이다. 시무나무는 가시가 많은 나무인데 옛날에 20리마다 심어 이정표로 삼았기 때문에 스무나무 또는 시무나무라고 부른다.

상좌의 스승 속이기 2

또 한 상좌가 자기 스승을 속여 이렇게 말했다.

"제 이웃에 젊고 아리따운 과부가 있는데, 저보고 절에서 나는 감나무의 감은 스승님이 혼자 드시는 거냐고 묻는 겁니다. 그래서 제가, 스승님께서 어떻게 혼자 드시겠냐, 매번 사람들에게 나눠 주신다고 그랬습니다. 그랬더니 과부가 저더러 자기 말을 해서 감을 좀 얻어 달라, 먹고 싶다고 그랬습니다."

"그럼 따서 갖다주거라."

상좌는 감을 몽땅 따서 자기 부모에게 갖다주고는 돌아와 사승에게 말했다.

"과부가 기뻐하며 맛있게 먹었습니다. 또 저보고 불당(佛堂)의 흰떡은 스승님이 혼자 드시는 거냐고 묻길래, 스승님께서 어떻게 혼자 다 드시겠냐, 매번 사람들에게 나눠 주신다고 그랬습니다. 그랬더니 저더러 스승님께 자기 말을 해서 흰떡을 얻어 달라, 먹고 싶다고 그랬습니다."

"그럼 갖다주거라."

상좌는 흰떡을 몽땅 쓸어다가 자기 부모에게 갖다주고는 돌아와 사승에게 말했다.

"과부가 기뻐하며 맛있게 먹었습니다. 그러더니 어떻게 네 스승님의 은혜에 보답해야 할지 묻기에, 스승님께서 부인을 한번 만나기를 원하신다고 했습니다. 제 말에 과부가 흔쾌히 승낙하면서 자기 집에는 친척과 하인이 많아 스승님께서 오실 수 없을 테니, 자기가 틈을 보아 절로 찾아오겠다고 했습니다. 그래서 아무 날로 약속을 잡았습니다."

이 말을 듣고 사승이 기뻐 날뛰었다. 약속한 날이 되자 사승은 상좌를 보내 마중하게 했다. 상좌는 과부에게 가서 말했다.

"저희 스승님이 폐병을 앓으시는데, 의원 말로는 부인의 비단신을 따뜻하게 데워서 배[腹]에 대어 배를 따뜻하게 해 주면 나을 수 있다고 합니다. 그래서 말인데, 비단신 한 짝을 얻을 수 있을까요?"

과부는 신을 주었다. 상좌는 비단신을 가지고 절로 돌아와 숨어서 엿보았더니, 사승은 방을 깨끗이 쓴 다음 이부자리를 펴 놓고 이렇게 혼잣말을 하며 킥킥대고 있었다.

"나는 여기 앉고, 그이는 저기 앉겠지? 내가 음식을 드시라 하면 그이가 먹을 거고, 그런 다음 내가 그이의 손을 잡고 방으로 들어가면 한바탕 즐길 수 있겠구나."

상좌가 들어와 사승 앞에 비단신을 팽개치며 말했다.

"다 글렀습니다. 제가 과부를 데리고 들어오는데 과부가 문에서 스승님이 하시는 걸 보더니 버럭 화를 내면서, '네가 나를 속였구나. 네 스승, 미친놈 아니냐?' 하고 도망가 버렸습니다. 제가 따라갔지만 잡지 못했고, 겨우 이 비단신 한 짝만 주워 왔습니다."

이 말을 듣더니 사승은 머리를 푹 숙이고 후회하며 말했다.

"내 입을 쳐라."

그 즉시 상좌가 있는 힘껏 목침으로 치니 사승의 이[齒]가 몽땅 부러졌다.

차근차근 단계를 밟아 사승을 속이는 과정이 치밀하다. 또 승려들의 인간적인 면모가 잘 드러나 있다. 출가를 했더라도 인간적인 정은 끊기 어렵다. 상좌는 직접 모실 수 없는 부모를 챙기려 하고, 사승은 여자와의 하룻밤을 꿈꾸며 방을 치운다.

물 건너는 중 꼬락서니

어떤 중이 과부를 살살 꾀어 장가를 들게 되었다. 그날 저녁에 상좌가 그 중을 속이려고 이렇게 말했다.

"날콩을 빻아서 물에 타 마시면 정력에 엄청 좋다고 하던데요."

중이 이 말을 곧이곧대로 믿어 그렇게 했는데, 과부의 집에 도착하자 배가 부글부글 끓어 기다시피 해서 간신히 집 안으로 들어갔다. 휘장이 드리워진 방에서 중은 발끝으로 항문을 막고 앉아 있느라 옴짝달싹하지 못했다. 잠시 후에 과부가 들어왔는데도 중은 움직이지 않고 꼿꼿이 앉아 있었다.

"왜 이리 나무 인형처럼 있어요?"

과부가 이렇게 말하며 중을 밀었더니, 중이 바닥에 고꾸라지면서 설사가 터져 나와 온 방에 구린내가 진동했다. 그 집 사람들이 몽둥이를 휘둘러 중을 내쫓았다.

한밤중에 중이 혼자 길을 잃고 헤매는데 길옆으로 흰빛이 비치는 것이었다. 개천인가 보다 하고 바지를 걷고 들어갔더니 가을보리꽃이 핀 것이었다. 중이 분통이 터진 판에 또 길옆으로 흰빛이 비치는 것을 보고 한 번 속지 두 번 속나 하고 바지를 걷지 않고 들어갔더니, 이번에는 개천이라 옷이 쫄딱 젖고 말았다. 그런 채로 다리 하나를 건너는데 아낙네 몇 명이 시냇가에서 쌀을 씻고 있었다. 다리를 건너면서 중은 이렇게 말했다.

"아, 시구나 시어."

이 말은 낭패를 보아 고생스럽다는 뜻인데, 중의 사정을 알리 없는 아낙네들이 떼 지어 몰려와 중의 앞을 가로막고 말했다.

"술 빚을 쌀을 씻고 있는데 왜 쉰다고 하는 거야?"

이렇게 말하고는 중의 옷을 갈가리 찢고 두들겨 팼다.

해가 높이 솟았는데 중은 아무것도 먹지 못했다. 그래서 배고픔을 참지 못하고 마를 캐서 먹었다. 그러다 얼마 뒤에 "물럿거라" 하는 소리가 들렸다. 바로 원님의 행차였다. 중이 다리 아래 엎드려 행차를 피하면서 가만히 생각해 보니, 이렇게 맛있는 마를 원님에게 올리면 밥이라도 얻어먹을 수 있을 성싶었다. 원님의 행차가 다리에 이르렀을 때 중이 별안간 뛰어나오자 원님이 타고 있던 말이 놀라는 바람에 원님이 땅에 떨어지고 말았다. 원님은 노발대발하여 중을 몽둥이로 흠씬 두들겨 패게 했다. 몽둥이찜질을 당한 중이 다리 옆에 뻗었는데 순라군 몇 명이 다리를 지나가다 이 꼴을 보고 말했다.

"저 아래에 중놈의 시신이 있네. 몽둥이질 연습하기 좋겠군."

이렇게 말하고는 앞다투어 몽둥이를 들고 연달아 몽둥이질을 해 댔다. 중은 무서워서 숨도 쉬지 못했다. 그런데 한 사람이 칼을 뽑아 들고 다가오며 말했다.

"죽은 중놈의 양근(陽根)은 약으로 쓴다니, 베어 가야겠네."

중은 소리를 지르며 도망갔다.

저물녘에 절에 도착했는데 문이 닫혀 있어 들어갈 수가 없었다. 큰 소리로 상좌를 부르며 문을 열라고 했더니, 상좌는 나와 보지도 않고 말했다.

"우리 스승님은 처가에 가셨다. 어떤 놈이 밤중에 와서 소란이냐?"

중이 개구멍으로 들어가려 하니, 상좌는 중을 몽둥이로 두들겨 패며 꾸짖었다.

"뉘 집 개냐? 어젯밤에 불당 앞의 기름을 다 핥아먹더니 오늘 또 온 거냐?"

지금도 낭패를 당해 갖은 고생을 다 겪는 것을 두고 '물 건너는 중 꼬락서니'라 한다.

승려의 고생이 끝이 없다. 몰매를 맞거나 몽둥이찜질을 당하는 데서 당시 승려의 지위가 매우 낮았음을 알 수 있다. 승려가 "시다"라고 말했을 때 아낙네들이 화를 낸 이유는, 술이 잘 발효되지 않고 쉬어 버릴 것이 걱정이던 차에 승려의 말이 악담처럼 들렸기 때문이다.

귀신 나오는 집

귀신 나오는 집

우리 이웃 중에 정승 기(奇) 아무개가 있었는데, 당대의 명사였다. 나는 어릴 적부터 그 손자 기유(奇裕)와 어울리며 친하게 지냈다. 정승이 세상을 떠난 뒤 나와 기유는 함께 벼슬길에 올랐다. 그때 기유는 집안일을 처리하기 위해 조부의 집에 있었는데, 얼마 되지 않아 집에 귀신이 들어 사람이 살지 못하게 되자 기유도 다른 곳으로 떠났다.

내가 그 이웃에게 당시 상황을 들었다. 한 아이종이 문밖에 서 있는데 갑자기 어떤 물건이 등에 붙었다고 한다. 그 물건이 하도 무거워 견딜 수 없자 그 아이종은 허겁지겁 들어왔지만 짐은 보이지 않았다. 그렇게 한참 있다가 등에 있던 것이 사라졌는데, 온몸이 땀으로 흥건했다. 그 뒤로 괴이한 일이 많았다. 밥을 하면 솥뚜껑은 그대로 있는데 솥 안에는 똥이 가득하고 밥알이 뜰에 흩어졌다. 또 어떨 때는 귀신이 밥상과 밥그릇을 가져다 공중에 던지기도 하고, 또 어떨 때는 귀신이 큰 솥을 들어 공중에 빙빙 돌리면서 솥을 쳤는데 그 소리가 마치 큰 종소리 같았다. 어떨 때 보면 채소밭의 채소가 모두 파헤쳐져 거꾸로 심겨 순식간에 말라 죽었고, 어떨 때 보면 옷장은 잠겨 있는데 옷장 속의 옷들이 다 대들보 위에 늘어져 있고 옷마다 알 수 없는 글자가 적혀 있었다. 또 아무도 없는데 아궁이에서 갑자기 불빛이 생기더니 마치 아궁이를 옮겨 놓은 사람이라도 있는 듯이 불이 행랑채까지 번져서 행랑채가 홀딱 타 버렸다. 이 때문에 집은 폐가가 되어 사람이 오랫동안 살지 않았다.

기유가 분개하여 말했다.

"조상님이 사시던 집을 오랫동안 수리하지 못하다니 어찌 조상님을 받든다 하겠는가? 대장부가 귀신을 두려워할 리가 있겠는가?"

기유가 곧바로 그 집에 들어가 살자 괴이한 일들이 또다시 생겼다. 어떨 때는 귀신이 밥그릇을 옮겨 놓았고, 또 어떨 때는 사람 얼굴에 똥칠을 하기도 했다. 기유가 귀신을 꾸짖으면 공중에서 이런 소리가 들렸다.

"기유야, 네가 어찌 감히 이러느냐?"

얼마 지나지 않아 기유는 병을 얻어 죽었다. 사람들 말로는 기유의 외사촌 동생 유계량(柳繼良)이 역모를 꾀하다 사형당했는데, 그 귀신이 집에 붙어 재앙을 일으킨 것이라 한다.

당시 귀신이 나온다는 집에 대한 기록은 『성종실록』에 여러 번 나타난다. 미신을 믿는 이들이 많았을 뿐더러 억울하게 죽은 이들도 많았기 때문으로 생각된다. 유계량이 연루된 사건은 1468년에 역모를 꾀했다는 무고로 인해 태종의 외손인 남이(南怡)와 그 일파가 처형된 사건이다.

귀신 쫓은 우리 외할아버지

우리 외할아버지 안공(安公)은 성품이 정직하고 근엄하셨다. 안공은 열두 고을의 현감(縣監)을 역임하시면서 털끝만큼의 잘 못도 범하지 않으셨다. 그래서 고을 아전은 안공을 존경하고 백 성은 안공을 흠모했다.

또 안공은 귀신을 잘 보셨다. 안공이 예전에 임천(林川: 부 여) 군수로 재직하셨을 때의 일이다. 하루는 이웃 고을의 수령들 과 술을 마시는데 사냥개가 동산의 큰 나무를 보고 계속 짖어 댔다. 안공이 둘러보니 큰 얼굴에 높은 갓을 쓴 괴물이 나무에 기대어 서 있는 것이었다. 안공이 노려보았더니 괴물이 점점 사 라졌다.

또 하루는 흐린 날씨에 부슬부슬 비가 내리는데 안공이 측 간을 가셨다. 하인이 등불을 들고 앞장서서 가는데 대숲 가운데 한 여인이 붉은 적삼을 입고 머리를 풀어 헤친 채로 앉아 있었 다. 안공이 곧장 앞으로 가시니 여인이 담을 넘어 달아났다.

또 임천의 풍습이 귀신을 숭상했는데, 관아(官衙)에 들어와 살던 사람이 연이어 죽으니 고을 사람들은 그곳을 귀신 소굴이라 여겨 버려 두었다. 그러던 터에 안공이 처음 부임하셔서 관아에 들어가려고 하셨다. 고을 사람들이 눈물을 흘리며 막았으나 안공은 듣지 않으셨다. 그리고 귀신을 모신 민간의 사당을 모두 태우거나 헐어 버리셨다. 관아 남쪽에 오래된 우물이 있었는데, 고을 사람들은 거기에 귀신이 있다고 여겨 다투어 모여서 복을 빌었다. 안공이 이 우물을 메워 버리라고 명령하시자 우물이 사흘간 소처럼 울었다. 그래서 고을 사람들이 우물을 메우지 말자고 청하니 안공이 말씀하셨다.

"우물이 필경 슬퍼서 우는 것이니 괴이하게 여길 게 뭐냐?"

이때부터 귀신의 해코지가 싹 사라졌다. 안공은 그 공로를 인정받아 승진하셨다.

안공이 서원(瑞原: 파주)의 별장에 계실 때의 일이다. 길 가에 고목이 있었는데 그 둘레가 몇 아름이 될 정도로 크고 하늘을 찌를 만큼 높았다. 날씨가 흐리면 귀신이 나무에서 휘파람을 불었고, 밤이면 도깨비불을 놓고 시끄럽게 떠들었다. 안공이 매를 놓아 꿩을 쫓으시다가도 매가 그 나무로 들어가면 찾을 수가 없었다. 마을의 어떤 소년이 자기의 용기를 믿고 그 나무를 베다가 결국 귀신에 씌어 밤낮으로 미쳐 날뛰니 온 마을 사람들이 감당할 수 없었다. 그러나 그 소년은 안공의 성명을 들었다 하면 얼른 숨어 버렸다. 그래서 안공이 그 집에 가 문밖 평상에 앉으신 다음 사람을 시켜 소년의 머리를 잡고 나오게 하셨다. 소년이 창백한 기색으로 안공에게 애걸복걸하자, 안공은 소년을 꾸짖으며 말씀하셨다.

"네가 이 마을에서 200여 년간 살면서 밤에는 불을 켜 놓고 괴이한 짓을 멋대로 하며, 내가 지나가도 불경스럽게 걸터앉아 있고, 매가 들어가면 숨기고 내놓지 않더니, 이제는 또 이웃집을 괴롭히는구나. 대체 원하는 게 뭐냐?"

소년은 이마를 땅에 대고 공손히 사죄했다. 안공은 복사나무의 동쪽 가지를 잘라 긴 칼을 만들어 소년의 목을 베는 시늉을 하셨다. 소년은 눈을 까뒤집으며 길게 울부짖다가 죽은 것처럼 땅에 엎어져 깊이 잠들었다. 사흘이 지나서야 비로소 깨어났는데, 미친 증세가 말끔히 사라져 있었다.

안공은 성현의 외할아버지 안종약(安從約, 1355~1424)이다. 소년의 목을 베는 시늉을 할 때 쓰인 복사나무는 귀신을 물리치는 데 썼다. 옛사람들은 귀신이 동쪽으로 뻗은 복사나무 가지를 가장 무서워한다고 믿었다.

뱀이 된 승려

우리 외할아버지 안공(安公)이 임천(林川) 군수로 계실 적의 일이다. 보광사(普光寺)의 승려 중에 대선사(大禪師) 아무개가 안공을 자주 찾아왔다. 그 승려가 함께 대화할 만했던지라 안공은 그와 친하게 지내셨다.

그 승려는 마을 여인을 아내로 삼아 그 여인의 집을 몰래 오고 갔다. 어느 날 승려가 죽었다. 죽은 후에 승려는 뱀이 되어 아내의 방에 들어갔다. 뱀은 낮에는 단지 속에 들어가 있다가 밤이 되면 아내의 품에 들어가 허리를 감고 아내의 가슴에 머리를 기대었다. 뱀 꼬리의 살가죽이 음경(陰莖)처럼 돋아나 사랑을 나누는 것이 예전과 똑같았다.

안공이 이 이야기를 듣고 승려의 아내에게 뱀이 든 단지를 가져오게 하셨다. 그 단지 앞에서 안공이 승려의 이름을 부르니 뱀이 머리를 내밀었다. 그러자 안공이 이렇게 꾸짖으셨다.

"아내를 그리워하여 뱀이 되다니, 승려가 이래서야 되겠나?"

뱀은 머리를 움츠리고 단지 속으로 들어갔다. 안공은 몰래 사람을 시켜 작은 함을 만들게 하셨다. 그리고 승려의 아내에게 이런 말로 뱀을 유인하라고 하셨다.

"군수께서 당신더러 편하게 지내라고 새 함을 선물해 주셨어요. 그러니 빨리 나오세요."

아내가 함 속에 치마를 펼쳐 놓으니 뱀이 단지에서 나와 함 속으로 들어가 누웠다. 그러자 건장한 아전 몇 명이 뚜껑을 덮고 못을 박았다. 뱀이 날뛰고 뒹굴며 나오려고 했지만 나올 수 없었다. 그런 다음 안공이 명정(銘旌)에 승려의 이름을 적어서 행렬 앞에 세우셨다. 그 뒤로 승려 수십 명이 목탁을 치고 불경을 외우며 따라갔다. 안공은 강물에 함을 띄워 보내셨다.

그 뒤로 승려의 아내는 아무 탈이 없었다고 한다.

사람이 뱀으로 변신하는 일화는 민담에서 흔하게 나타난다. 옛날 사람들은 뱀이 허물을 벗는 것을 죽음으로부터 다시 태어나는 것으로 인식했기 때문에 뱀에게 신성성을 부여했다. 죽은 자가 뱀이 되는 설화는 뱀이 불사(不死)의 존재라는 인식과 관련을 맺고 있다.

외갓집 귀신

우리 외할머니 정씨(鄭氏)는 양주(楊洲)에서 자라셨는데, 그집 어린 여종에게 귀신이 빙의하여 수년 동안 떠나지 않았다. 귀신은 길흉화복(吉凶禍福)을 모두 정확하게 맞추었고, 하는 말마다 바로 응험(應驗)이 있었다. 그래서 그 앞에서는 아무도 잘못을 숨기려는 마음을 갖지 않고 모두 귀신의 말을 믿고 따랐으며, 집안 또한 아무 탈이 없었다. 귀신의 목소리는 낭랑한 게 마치 늙은 꾀꼬리 소리 같았다. 귀신은 낮에는 공중에 떠 있다가 밤에는 대들보 위에 깃들었다.

이웃에 대대로 명망 높은 벼슬아치 집이 있었다. 그 집 주인아씨가 값비싼 비녀를 잃어버린 뒤로 매일 여종을 때렸다. 여종이 그 괴로움을 참다못해 귀신에게 찾아와 물었더니 귀신이 말했다.

"비녀가 어디 있는지는 진작부터 알고 있었다만 너에게는 말해 주기 곤란하구나. 네 주인이 오면 말해 주마."

여종이 주인아씨에게 가서 아뢰었더니, 주인아씨가 몸소 좁쌀을 가지고 와서 점을 쳤다. 귀신이 말했다.

"어디에 있는지 알고 있지만 차마 말하지 못하겠구나. 내가

176

입을 열면 네 얼굴이 벌게질 텐데."

주인아씨가 두 번 세 번 물어도 귀신은 끝내 대답하지 않았다. 주인아씨가 화를 내며 꾸짖자 귀신이 말했다.

"그렇게 나온다면 어쩔 수 없구나. 간단하다. 아무 날 저녁에 네가 이웃집 아무개와 함께 닥나무 밭으로 들어가지 않았느냐. 비녀는 거기 나뭇가지에 걸려 있다."

종이 가서 비녀를 찾아오니 주인아씨가 매우 부끄러워했다.

또 하루는 집안의 종이 물건을 훔쳤는데, 아무개가 도둑질을 해서 방에 숨겨 두었다고 귀신이 말하자 그 종이 화를 내며 꾸짖었다.

"어디 살던 요사스러운 물건이 남의 집에 빌붙어 있는 게냐?"

그런데 종이 말을 하다가 갑자기 정신을 잃고 쓰러져 한참이 지난 뒤에야 깨어났다. 사람들이 왜 그런지 묻자 종이 말했다.

"자줏빛 수염이 난 사내가 내 머리끄덩이를 잡는 바람에 정신을 잃어 일어나지 못했습니다."

그 뒤로 집안 식구들이 점점 더 귀신을 싫어했다. 그런데 정구(鄭矩)와 정부(鄭符) 형제가 집에 오면 귀신이 두려워하여 도망갔다가 형제가 간 뒤에 다시 돌아왔다. 정구가 이 사실을 알고 하루는 귀신을 불러 타일렀다.

"네가 살던 곳으로 가는 게 좋겠다. 사람 사는 집에 오래 있는 건 옳지 않다."

귀신이 대답했다.

"내가 이곳에 온 뒤로 집안에 복이 많아지도록 힘썼고, 단한 번도 재앙을 가져온 적이 없습니다. 대대로 이곳에 살면서 온 집안사람들을 잘 받들고 싶었는데 대인께서 그리 분부하시니 어찌 감히 순종하지 않을 수 있겠습니까?"

말을 마치고 귀신은 통곡하며 작별 인사를 하고는 결국 종적도 없이 사라졌다.

나는 이 일을 어머니께 직접 들었다.

대부분의 사람은 작든 크든 자신만의 비밀을 감추고 있다. 그 비밀을 모두 아는 존재가 있다면 누구라도 꺼려 할 것이다. 비록 귀신이 사람에게 이로움을 주려고 했지만, 모르는 게 약이 되는 경우도 있는 법이다. 정구(1350~1418)와 정부(?~1412) 형제는 성품이 청렴 강직했으며 용모가 빼어났다고 한다.

귀신의 장난

공중에서 나는 소리가 무당에게 빙의하여 지나간 일을 알아 맞히는 이를 지금 세상에선 '태자'(太子)라고 부른다. 소경 장득운(張得雲)이라는 사람이 점을 잘 쳤다. 사람들은 모두 그가 과거와 미래를 다 알아맞힐 수 있다는 책인 『명경수』(明鏡數)를 가지고 있다고 했다. 조정에서 그 책을 내놓으라고 하자 장득운은 애당초 그런 책은 없다고 대답했다. 장득운을 옥에 가두어 고문했는데도 그는 여전히 책을 내놓지 않았다. 그래서 안효례(安孝禮)가 태자에게 『명경수』가 어디 있는지 물었더니 태자가 대답했다.

"장득운이 그 책을 친척 아무개에게 주어 우봉현(牛峯縣)의 민가에 숨겨 놓았지. 그 집은 동쪽에 사립문이 있고 대청 앞에 큰 나무가 있어. 대청에 항아리가 있고, 항아리는 소반으로 덮여 있는데 소반을 치우고 보면 그 속에 책이 있을 거야. 네가 가서 책을 찾을 때 큰 나무를 향해 나를 부르면 내가 대답할게."

안효례가 장득운의 식구에게 물어보니, 정말 우봉현으로 간 친척이 있었다. 안효례가 크게 기뻐하며 곧장 조정에 들어가 임금에게 아뢰니 임금이 안효례에게 역졸 몇 명을 거느리고 말을 타고 다녀오라고 했다. 안효례가 밤새 말을 달려 그 집에 도착해 보니, 정말로 사립문과 큰 나무가 있었다. 또 대청에 올라가 보니 항아리가 있었다. 소반을 치우고 보니 안은 텅 비어 있었다. 나무를 향해 태자를 불렀으나 아무 대답이 없었다. 안효례가 태자를 원망하며 돌아와 태자에게 자신을 속인 이유를 물으니 태자가 대답했다.

"네가 항상 거짓말로 사람들을 속이길래 나도 거짓말로 널 속였지."

안효례는 서리(胥吏) 출신으로 세조의 광대 노릇을 했고, 점치는 일과 풍수지리를 잘 알았다. 특히 괴이한 말과 농담을 잘했고, 알지 못하는 것도 아는 것처럼 우겼다고 한다. 우봉현은 황해도 금천 지역의 고을이다. 『세조실록』에 세조 3년(1457) 3월 29일 세조가 황해도 관찰사에게 장득운이 소장한 음양서(陰陽書)를 찾아내 안효례 편에 보내라는 명령을 내린 기사가 보인다.

귀신이 된 고모님

이두(李杜)가 호조정랑(戶曹正郎)으로 있을 때의 일이다. 집에 갑자기 귀신이 들어와 나쁜 짓을 일삼는데, 그 목소리를 들어 보니 이미 10년 전에 돌아가신 고모의 목소리였다. 귀신은 집안일을 일일이 지시하는가 하면, 아침저녁으로 밥상을 받을 뿐 아니라 먹고 싶은 게 있으면 모두 해 달라고 하여, 조금이라도 마음에 들지 않으면 노발대발했다. 귀신이 숟가락을 들어 밥을 퍼먹는 모습은 보이지 않았지만 밥과 반찬은 저절로 줄어들어 없어졌다. 허리 위는 보이지 않았지만 허리 아래로는 종이를 펼쳐 치마처럼 입었고, 두 발은 앙상한 게 마치 옻나무 같았는데 살은 없고 뼈뿐이었다. 발이 어째서 그런 거냐고 사람들이 묻자 귀신이 대답했다.

"죽은 지 오래된 지하 세계의 사람이니 이렇게 되지 않을 수 있겠니?"

갖가지 방법으로 귀신을 쫓아 보려 했지만 되지 않았다. 얼마 되지 않아 이두는 병이 들어 죽었다.

이두의 집에 귀신이 나온다는 소문이 온 한양에 퍼져 성종의 귀에까지 들어갔다. 『성종실록』 1486년 11월 25일조에 보면, 성종이 이두에게 집에 귀신이 나타난 것이 사실인지 묻자 이두가 자기 집에 귀신이 있어 말을 하거나 기와나 돌을 던진다고 답하는 기록이 나온다.

비구니의 복수

정승 홍(洪) 아무개가 젊었을 때의 일이다. 홍공(洪公)이 길을 가다 소나기를 만나 작은 동굴로 달려 들어갔다. 동굴 속에 움막이 있었는데, 그 안에 한 비구니가 단정하게 혼자 앉아 있었다. 비구니는 용모가 매우 아름다웠고, 나이는 열일고여덟 정도로 보였다. 홍공이 물었다.

"왜 여기서 혼자 사시오?"

비구니가 말했다.

"비구니 세 명이 함께 사는데 둘은 양식을 빌러 마을로 내려갔습니다."

그는 드디어 비구니와 함께 즐거움을 나눈 뒤 약속을 했다.

"아무 날에 그대를 맞아 내 집으로 데려오겠소."

비구니는 홍공의 약속을 믿고 항상 그날이 오기를 기다렸다. 그러나 약속한 날이 지나도 데려간다는 사람은 나타나지 않았다. 비구니는 결국 마음에 큰 상처를 입어 죽고 말았다.

훗날 홍공은 남쪽 지방의 절도사(節度使)가 되어 진영에 머물렀다. 하루는 지렁이 비슷한 작은 동물이 홍공의 담요 위로 올라왔다. 홍공이 이방(吏房)을 시켜 밖으로 던지게 하자 이방은 그 동물을 죽였다. 이튿날 작은 뱀이 홍공의 방에 들어오자 이방이 또 뱀을 죽였다. 이튿날 뱀이 다시 방에 들어왔다. 홍공은 비로소 자신이 비구니와의 약속을 어긴 일로 앙화를 받는 게 아닌가 의심했다. 하지만 자신의 위세를 믿고 뱀을 다 죽여 없애기로 마음먹고 뱀이 오는 족족 죽이게 했다. 그 후로 홍공의 방에는 하루도 뱀이 들어오지 않는 날이 없었다. 날이 갈수록 뱀은 점점 커져 결국 큰 구렁이가 되었다. 홍공은 진영에 있는 군졸을 모두 모아 칼을 잡고 사방을 포위하게 했다. 구렁이는 포위를 뚫고 홍공의 방으로 들어왔다. 군졸들이 너도나도 구렁이를 베었으며, 사방에 불을 피워 놓고 구렁이를 보기만 하면 불 속으로 던졌다. 그러나 홍공의 방으로 들어오는 구렁이는 끊이지 않았다.

결국 홍공은 밤에는 궤짝 안에 구렁이를 넣어 침소에 두고, 낮에는 사람을 시켜 구렁이가 들어 있는 궤짝을 메고 순행(巡行)할 때 앞장서게 했다.

홍공은 정신이 점점 쇠약해지고 안색이 초췌해지다가 끝내 병을 얻어 죽었다.

작은 지렁이가 점점 커져 큰 구렁이가 된 것처럼, 자신의 잘못에 눈을 감고 외면할수록 잘못은 점점 불어난다. 부와 명예를 가진 권력자라도 신의를 저버리면 앙화를 받는다는 인식을 볼 수 있는 일화다.

도깨비불에 놀란 외삼촌

우리 외삼촌이 젊은 시절에 비쩍 마른 말을 타고 하인 한 명을 데리고 서원의 별장으로 가고 있었다. 별장까지는 10리 정도 남았는데, 이미 밤이 되어 어둑어둑해지고 사방을 둘러봐도 아무도 없었다. 동쪽으로 고을의 성을 바라보니 횃불이 비치고 떠들썩한 것이 마치 사냥하는 무리가 있는 것 같았다. 횃불이 점점 가까워지더니 좌우로 5리를 죽 둘렀는데, 모두 도깨비불이었다. 외삼촌은 이러지도 못하고 저러지도 못하다가 말을 채찍질하여 7~8리를 가니 도깨비불이 모두 흩어졌다.

날씨가 흐리고 비가 부슬부슬 내리는 바람에 가는 길이 더욱 고생스러웠지만, 외삼촌은 귀신이 가 버려서 매우 좋았다. 두려웠던 마음도 차츰 안정되었다. 그런데 고개 하나를 또 넘어 굽은 길을 따라 내려가는데 아까 본 도깨비불이 겹겹이 앞을 막고 있는 것이었다. 외삼촌은 달리 뾰족한 수가 없어서 칼을 뽑아 들고 크게 고함을 지르며 돌진했다. 도깨비불이 한꺼번에 모두 흩어져서 숲 속으로 들어가 손뼉을 치며 깔깔거렸다.

외삼촌은 결국 별장에 도착했지만 여전히 두렵고 놀란 마음을 진정할 수 없었다. 외삼촌은 창에 기댄 채 얼핏 잠이 들었다.

여종들이 관솔불을 켜 놓고 앉아 길쌈을 하고 있었는데, 외삼촌은 깜박깜박하는 불빛을 보고 크게 소리쳤다.

"이 귀신이 또 왔구나!"

외삼촌이 칼을 들어 치니 좌우의 그릇들이 모두 깨졌고, 여종들은 허둥지둥하며 겨우 위험을 면했다.

자라 보고 놀란 가슴 솥뚜껑 보고 놀라는 격이다.

이름난 점쟁이들

우리나라에서 소경은 점치는 일을 도맡는다. 건국 초기에 진
(眞)이라는 점쟁이가 둔갑술에 능했다. 하루는 진이 갑자기 대궐
에 나타나 임금을 뵈었다. 임금이 진에게 물었다.

"궁궐의 경비가 매우 삼엄한데 너는 어떻게 들어왔느냐?"

진이 임금에게 아뢰었다.

"제가 다른 모습으로 둔갑하여 들어오니 궁궐의 경비들이
모두 알아보지 못했습니다. 오늘은 제 목숨이 끝나는 날이니 부
디 전하께서 저를 살려 주십시오."

임금이 말했다.

"네가 둔갑술을 써서 궁궐에 몰래 들어왔으니 네 죄가 매우
무거워 용서할 수 없다."

임금은 곧바로 사형을 내렸다.

그 후 김학루(金鶴樓)라는 사람이 점치는 비법을 알았고, 또
김숙중(金叔重)이라는 점쟁이가 세상에 이름을 날렸다. 당시 박
운손(朴雲孫)이라는 생원이 관아의 여종과 간통하고, 그 여종의
남편을 질투하여 죽였다. 결국 그는 사형 판결을 받아 감옥에 갇
혔다. 판결하는 날 형조(刑曹)의 낭관들이 모두 모였는데, 김숙

중이 옆에 있으면서 누구의 운수가 좋고 나쁜지 낱낱이 말했다. 그 당시에 노회신(盧懷愼)이 부유한 세력가로 명성을 떨쳤는데, 그가 김숙중을 돌아보고 말했다.

"저 죄인의 목숨이 곧 끊어질 것인데 설마 사형을 모면할 방도가 있겠느냐?"

김숙중이 한참 동안 운명을 점친 후에 대답했다.

"이 죄인은 단지 형벌을 면할 뿐 아니라 벼슬길이 드넓게 펼쳐져 해로운 일이 없습니다. 나리의 운수는 도리어 이 죄인만 못합니다."

자리에 있던 사람들이 모두 그 말이 허무맹랑하다고 비웃었다. 그런데 사형을 집행하는 날 박운손이 도망쳐서 형벌을 면했다. 그 후 박운손은 벼슬이 정3품에 이르렀고, 일흔 살까지 장수했다. 반면 노회신은 얼마 뒤에 요절했다.

우리 부친께서는 김숙중을 잘 대접하셨다. 내가 다섯 살 때 염병(染病: 장티푸스)이 들어 다 죽게 되자 부친은 김숙중을 불러 점을 치게 하고, 큰형과 작은형의 운수도 같이 물어보셨다. 김숙중이 답했다.

"첫째 도련님은 오래도록 복을 누리실 것이고, 벼슬은 이조판서까지 오를 수 있습니다. 둘째 도련님은 명예롭고 높은 관직에는 오르겠지만 오래가지는 않을 겁니다. 막내 도련님은 첫째 도련님과 똑같은 복을 누리시겠지만 영화로운 것은 형님보다 더할 겁니다. 막내 도련님 같은 분은 호랑이 굴에 둔다 해도 아무런 해도 입지 않을 팔자입니다."

그 후에 과연 이 말대로 되었다.

김효순(金孝順)이라는 사람 또한 점을 잘 쳤다. 큰형이 유생(儒生)으로 있을 적에 이관의(李寬義)와 함께 가서 길흉을 점쳤다. 김효순이 맏형의 운수를 점치고 말했다.

"올해 반드시 장원 급제하여 장차 현달할 것입니다."

이어 이관의의 운수를 점치고 말했다.

"평생토록 쓸모없는 유생으로 살겠습니다."

이관의는 문장으로 명성이 있어 동료들이 으뜸으로 손꼽았다. 그는 과거 급제 정도는 턱수염을 뽑는 것처럼 쉽게 여겼는데 점쟁이의 말을 듣고는 통곡하고 흐느껴 울었다. 김효순은 그를 위로하며 말했다.

"그래도 늘그막에 임금님의 인정을 받을 운수입니다."

그 후 이관의는 끝내 과거에 급제하지 못하고 시골로 내려가 여생을 보내다가 나이 칠십에 일민(逸民)으로 임금의 부름을 받았다. 성종이 편전(便殿)에서 그를 만나 정치를 하는 방법에 대해 강론하게 한 뒤 말했다.

"진정 쓸 만한 인재로다. 하지만 나이가 너무 많아 궁궐에 두

기 어렵다."

성종은 그에게 의복을 후하게 하사하여 고향으로 돌려보냈다.

한 치 앞도 볼 수 없으면서 눈이 성한 이가 보지 못하는 미래를 보는 맹인 점쟁이의 운
명이 아이러니하다. 노회신은 세종의 여덟 번째 아들인 이엽(李瑛)의 양아버지다. 성현
의 큰형 성임(成任)은 고위 관직을 역임하다 이조판서에 올랐으며 64세에 죽었다. 작은
형 성간(成侃)은 정언(正言)에 임명되었지만 30세로 죽었다. 정언은 언론을 주도하는 명
예로운 관직으로 학문과 덕망이 높은 이가 임명되었다. 성현은 23세에 벼슬길에 올라
예조판서, 공조판서, 대제학 등의 높은 벼슬을 역임했다. 성현과 그 형제에 대한 김숙중
의 예언이 모두 들어맞은 것을 볼 수 있다. '일민'(逸民)은 학문이 깊고 덕이 높지만 은거
한 선비를 말한다.

무덤을 파헤친 벌

정승 권(權) 아무개가 문관으로서 높은 지위에 올랐다. 그의 아버지가 돌아가시자 그는 남의 무덤을 파헤치고 그곳에 아버지를 장사 지내려 했다. 그러자 무덤 주인이 말했다.

"이곳은 우리 아버지의 무덤입니다. 우리 아버지가 비록 벼슬은 낮았지만 마음가짐이 엄숙하고 의지가 굳세어 범상한 분이 아니셨습니다. 부디 무덤을 파헤치지 마십시오. 반드시 장차 해(害)가 있을 것입니다."

정승은 이 말을 듣지 않고 결국 묘를 파헤쳐 관을 쪼개고 시신을 버렸다. 그 아들이 시신을 어루만지며 통곡했다.

"신령이 있다면 어찌 이 원한을 갚아 주지 않겠는가?"

그날 밤 풍수가(風水家) 이관(李官)이 꿈을 꾸었는데, 자줏빛 수염의 사내가 나와 진노하며 이렇게 꾸짖었다.

"너는 어째서 내 편안한 집을 빼앗아 다른 사람에게 주었느냐? 실상은 네가 화근이다!"

그 사내가 곧바로 주먹으로 이관의 가슴을 치니, 이관은 가슴에 통증을 느끼고 피를 흘리다가 잠깐 사이에 죽었다. 얼마 뒤에 정승도 사형을 당하고 집안이 몰락했다.

권 정승은 남의 무덤을 파헤치는 일을 무릅쓰고 명당을 얻어 복을 받고자 하였지만, 타인에게 끼친 해가 결국 자신에게 돌아온다는 걸 알지 못했다.

도깨비와의 눈싸움

내가 어릴 적의 일이다. 나는 남강(南江)에서 손님을 전송하고 돌아오는 길에 전생서(典牲署) 남쪽 고개에 이르렀다. 이때 가랑비가 내렸는데, 말이 거품을 뿜고 앞으로 나가지 못했다. 그러더니 홀연 뜨거운 기운이 불처럼 얼굴을 쏘고, 도저히 견딜 수 없는 추악한 기운이 느껴졌다. 주위를 살펴보니 길가 동쪽 고개에 한 사람이 있는데, 도롱이와 삿갓을 쓰고 키는 수십 길[丈]이며 얼굴은 밥상 같고 눈은 횃불 같아 괴이하기 짝이 없었다.

나는 마음속으로 이렇게 생각했다.

'내가 만일 정신을 잃으면 필시 저놈의 계략에 놀아나겠구나.'

결국 나는 말고삐를 당겨 출발하지 않고 한참 동안 두 눈을 부릅뜨고 그 사람을 노려봤다. 그랬더니 그 사람은 문득 고개를 돌려 하늘을 쳐다보더니 점점 사라져 공중으로 솟구쳐 날아갔다. 정신만 차리면 도깨비도 어쩔 수 없다더니, 정말 그랬다.

도깨비와의 눈싸움에서 이긴 걸 보면 성현도 외할아버지인 안종약을 닮아 담력이 세었던 모양이다. 전생서는 국가의 제사에 쓸 양과 돼지 등을 기르는 일을 맡아보던 관청으로 남산 남쪽, 지금의 용산구 후암동 일대에 있었다.

불꽃놀이

불꽃놀이

불꽃놀이는 군기시(軍器寺)에서 주관한다. 불꽃놀이를 하기 전에 미리 궁궐의 뒤뜰에 도구를 설치해 둔다. 불꽃놀이의 규모에 따라 그 나름의 법식이 있는데, 비용이 매우 많이 든다. 불꽃놀이를 하는 방법은 다음과 같다. 대포의 몸통을 두꺼운 종이로 겹겹이 싸고 대포 속에 화약 재료인 석유황(石硫黃), 염초(焰硝), 반묘(班猫), 유회(柳灰) 등을 넣은 후에 굳게 다지고 막는다. 대포 끝에 불을 붙이면 순식간에 연기가 생기고 불이 활활 타오르며, 대포를 싼 종이는 모두 산산조각으로 터지면서 그 소리가 천지를 울린다.

미리 불화살 수천 수만 개를 궁궐 동쪽 멀리 떨어진 산에 묻어 두었다가 불을 붙이면 불화살이 무수히 하늘로 발사된다. 발사될 때마다 소리가 울리고 온 하늘이 별똥별로 뒤덮인 듯 번쩍번쩍 빛난다. 또 긴 장대 수십 개를 후원에 세우고 장대 머리에 작은 꾸러미를 달아 둔다. 어전(御前: 임금의 앞)에 채색한 대바구니를 매달고 그 밑에서 긴 새끼줄을 매어 여러 장대와 가로세로로 연결시킨 다음 새끼줄의 끝마다 화살을 매어 놓는다. 군기시의 벼슬아치가 횃불을 대바구니 속에 넣으면 순식간에 불이 일어나 새끼줄에 번지고 화살이 줄을 따라 솟구쳐 장대를 맞춘다. 그러면 장대 끝에 달린 작은 꾸러미가 터져 불꽃이 수레바퀴 형상처럼 돌아 흐른다. 다음 화살이 새끼줄의 불꽃을 타고 발사되어 두 번째 장대를 맞추고 그다음 화살이 세 번째 장대를 맞춰서, 서로 끊이지 않고 이어진다.

또 거북이 엎드린 형상을 만들고 불이 거북의 입을 따라 나오게 하는데, 연기와 불꽃이 폭포수처럼 어지럽게 쏟아져 내린다. 거북 위에는 만수패(萬壽牌)를 세운다. 불꽃이 팻말 속을 밝히면 팻말 표면의 글자가 환히 비친다. 또 장대 위에 그림 족자가 말려서 줄로 매여 있다. 불이 줄을 따라 올라가 줄의 매듭을 끊으면 그림 족자가 아래로 펼쳐져 족자에 적힌 글자를 뚜렷하게 알아볼 수 있다.

그리고 긴 수풀을 만들어 꽃과 잎, 포도 모양을 조각해 둔다. 한 쪽 귀퉁이에 불이 붙으면 순식간에 수풀이 다 탄다. 불이 꺼지고 연기가 스러지면 붉은 꽃과 푸른 잎, 주렁주렁 달린 포도송이의 형상이 드러나는데 진짜인지 가짜인지 구분할 수 없다. 또 탈을 쓴 광대가 꾸러미를 단 나무판을 등에 진다. 꾸러미가 터지면서 불꽃이 튀어도 광대는 노래 부르고 춤추면서 조금도 불을 두려워하지 않는다.

이것이 불꽃놀이의 대략이다. 임금이 궁궐 후원의 소나무 언덕에 납시어 문관과 무관 2품 이상의 대신을 불러들여 밤이 깊도록 구경하다가 마친다.

불꽃들이 밤하늘을 수놓으면 꿈꾸듯 황홀해지는 건 예나 지금이나 마찬가지였을 것이다. 군기시는 무기 제조를 담당한 관청이다. 불꽃놀이에는 화약과 대포, 화살 등이 사용되었기 때문에 군기시에서 불꽃놀이를 주관한 것이다. 화약의 재료인 염초는 질산칼륨으로 흙에서 추출하였으며, 반묘는 딱정벌레의 일종이고, 유회는 버드나무를 태워서 만든 숯을 말한다. 만수패는 임금의 장수를 기원하는 팻말이다. 불꽃놀이에는 임금과 대신들 외에 일본과 유구(流求) 등에서 온 사신도 참관했다고 한다.

처용놀이

처용(處容)놀이는 신라 헌강왕(憲康王) 때부터 시작되었다. 신령한 사람이 바다에서 나왔는데, 처음에는 개운포(開雲浦)에 나타났다가 경주로 들어왔다. 처용은 사람됨이 훌륭하고 기개가 굳세며 노래 부르고 춤추는 것을 좋아했다. 이제현이 처용에 대해 다음과 같이 읊었다.

조개 같은 이[齒]와 붉은 입술로 달밤에 노래하고,

솔개 같은 어깨와 자줏빛 소매로 봄바람에 춤을 추네.

처용놀이의 순서는 다음과 같다. 처음에는 한 사람이 흑색 도포 차림에 흑색 사모(紗帽)를 쓰고 춤을 춘다. 그 후에 처용탈을 쓴 다섯 사람이 나온다. 세종이 처용가의 노래에 가사를 고쳐 지어 '봉황음'(鳳凰吟)이라 이름 짓고 조정의 정악(正樂)으로 삼았다. 이어 세조가 그 제도를 확장해 성대하게 합주하게 했다.

처음에 승려들이 불공을 드리는 것처럼 여러 기생이 '영산회상 불보살'(靈山會相佛菩薩)이라는 가사를 제창하고 바깥뜰에서부터 빙글빙글 돌면서 들어온다. 이어 광대가 각각 악기를 잡는다. 쌍학인(雙鶴人) 다섯 쌍과 처용탈을 쓴 열 명이 기생을 따라가며 '영산회상 불보살'을 세 번 느리게 복창한다. 이들이 모두 자리에 들어가면 소리가 점점 빨라지다가 큰북을 땅 치면 광대와 기생이 한참 동안 몸을 흔들며 발을 놀리다가 그친다.

이때 연화대(蓮花臺) 놀이를 시작한다. 먼저 향산(香山)과 지당(池塘: 연못 모양의 무대)을 설치하고 주위에 한 길 높이의 여러 빛깔의 꽃을 꽂는다. 또 좌우에 그림이 그려진 등롱(燈籠)을 놓고, 그 사이에 오색 술을 달아 어른거리게 한다. 지당 앞에는 동서로 큰 연꽃 받침이 놓여 있는데, 어린 기생이 그 안에 들어 있다. 보허자(步虛子) 곡이 연주되면 쌍학이 곡조를 따라 너울너울 춤추다가 연꽃 받침을 쫀다. 그러면 두 명의 어린 기생이 꽃받침을 열고 나와 서로를 마주 보았다 등졌다 하면서 깡총깡총 뛰고 춤춘다. 이를 동동(動動)이라 한다.

이때 쌍학이 물러가면서 처용이 들어온다. 처음에 느린 곡조의 음악 연주에 맞춰 처용이 줄지어 서서 소매를 굽혀 춤을 춘다. 다음으로 중간 곡조의 음악이 연주되면 처용 다섯 명이 각각 다섯 방향으로 나뉘어 서서 소매를 떨치면서 춤을 춘다. 그다음으로 빠른 곡조의 음악이 연주되고, 이어서 신방곡(神房曲)이 연주될 때까지 다섯 처용은 너풀너풀 어지럽게 춤을 춘다. 마지막으로 북전곡(北殿曲)이 연주되면 처용이 물러나 자리에 열을 지어 선다. 이때 기생 한 명이 '나무아미타불'을 부르면 여럿이 따라 화답한다. 또 관음찬(觀音贊)을 부르면서 주위를 세 번 돌아 나 간다.

매년 섣달 그믐날 전날 밤에 창경궁(昌慶宮)과 창덕궁(昌德宮) 두 궁의 뜰에 기생과 악공이 나뉘어 들어가서 창경궁에서는 기악(妓樂)을 연주하고 창덕궁에서는 노래 부르는 아이를 두고 날이 샐 때까지 음악을 연주하게 한다. 악공과 기생에게 각각 무명을 하사한다. 이는 요사스런 귀신을 물리치기 위한 행사다.

처용은 페르시아 사람이라는 설이 있다. 개운포는 경북 울산의 포구로 신라 시대 무역 항으로 번성했던 곳이다. 처용탈을 쓴 다섯 사람은 각각 동서남북과 중앙을 상징하는, 청색·황색·적색·백색·흑색의 옷을 입는다. 정악은 궁중 의식에 사용되는 음악이다. '영산회상 불보살'의 '영산'은 부처가 제자들에게 불법을 말했다는 영취산(靈鷲山)을 이 르고, '회상'은 회합의 자리를 이른다. 쌍학인은 학 차림의 광대 두 명이 한 쌍을 이룬 것을 말한다. 향산은 산 모양의 가설 무대이다. 등롱은 등불을 켜서 어둠을 밝히는 기 구로, 대나무의 살로 만든 둥근 바구니에 비단을 씌우고 그 속에 등잔을 넣어 만든다. 보허자 곡은 고려 시대에 전래된 송나라 악곡이다. 성현이 편찬한 『악학궤범』(樂學軌 範)에는 이 글에 나오는 봉황음·영산회상·북전곡·관음찬 등의 노래 가사가 한글로 실 려 있고, 악보와 악기 및 공연자의 복식 등이 상세히 기록되어 있다.

정월 대보름 약밥

신라 왕이 정월 보름에 천천정(天泉亭)에 행차했는데, 까마귀가 은으로 만든 통을 물어다가 왕 앞에 바쳤다. 통 안에는 견고하게 봉해진 편지가 있었다. 편지 겉봉에 이런 글이 쓰여 있었다.

"열어 보면 두 사람이 죽고, 열지 않으면 한 사람이 죽는다."

왕이 말했다.

"두 사람이 목숨을 잃느니 한 사람이 목숨을 잃는 게 낫지."

대신들이 논의해서 아뢰었다.

"그렇지 않습니다. 한 사람은 임금을 의미하고 두 사람은 신하를 의미합니다."

이에 마침내 편지를 개봉해 보니, 그 속에 "궁중의 거문고 갑(匣)을 활로 쏘라"는 글이 있었다. 왕이 말을 달려 궁으로 돌아와 활을 한껏 당겨서 거문고 갑을 쏘았다. 갑 속에 사람이 숨어 있었는데, 바로 궐 안에서 불공을 드리다가 왕비와 간통한 중이었다. 왕비와 중은 장차 왕을 시해하기로 모의하고 그 시기까지 정해 놓았던 터였다. 왕비와 중은 모두 주살(誅殺)당했다. 왕은 까마귀의 은혜에 감사하여 매년 정월 보름이면 향기로운 밥을 지어 까마귀에게 먹였다. 지금까지 그 풍속이 지켜져 향기로운 밥은 명절의 좋은 음식이 되었다.

이 밥을 만드는 방법은 다음과 같다. 찹쌀을 씻어 쪄서 밥을 짓고 곶감과 삶은 밤, 대추, 말린 고사리, 싸리버섯 등을 잘게 썰어 맑은 꿀과 간장에 버무려 다시 찐다. 또 잣, 호두를 넣는다. 그 맛은 아주 단데, 이를 약밥이라고 한다. 세속에서 약밥은 마땅히 까마귀가 아침에 일어나기 전에 먹어야 한다고 하는데, 천천정의 고사에 기원을 둔 말이다.

일상에서 무심히 보는 음식 하나에도 천년의 역사가 담겨 있다. 왕을 살리려던 까마귀와 그 은혜를 잊지 않은 왕의 마음이 약밥에 고이 담겨 천년을 이어 온 것이다.

우리나라 명절

　세시 명절에 치르는 행사가 한둘이 아니다. 섣달 그믐 전날에 어린아이 수십 명을 모아서 아이 초라니로 삼아 붉은 옷을 입히고 붉은 두건을 씌워 궁에 들여보낸다. 관상감(觀象監)에서 북과 피리를 준비해 두고 새벽이 되면 방상시가 요란한 소리와 함께 초라니를 모두 몰아낸다. 민간에서도 이 일을 본떠서 한다. 비록 초라니는 없지만 푸른 댓잎, 자줏빛 가시나무 가지, 익모초의 줄기, 복사나무의 동쪽 가지를 모아 빗자루를 만들어 창문을 요란스럽게 때리고 북과 동발(銅鈸)을 두드리며 문밖으로 몰아내는 흉내를 낸다. 이를 '방매귀'(放枚鬼)라 부른다. 이른 새벽 들창과 대문에 그림을 붙이는데, 그 그림에는 처용, 뿔 난 귀신, 종규(鍾馗), 두건 쓴 벼슬아치, 갑옷 차림에 투구를 쓴 장군, 진귀한 보배를 든 부인, 닭, 호랑이 등이 그려져 있다.

　섣달 그믐날에 서로 방문하는 것을 과세(過歲)라 하고, 정월 초하루에 서로 방문하는 것을 세배라 한다. 정월 초하루에는 사람들이 모두 일을 하지 않고 앞다투어 모여 효로(梟盧: 주사위) 놀이를 벌이고 술을 마시면서 놀며 즐긴다. 새해의 첫 자일(子日), 오일(午日), 진일(辰日), 해일(亥日)도 마찬가지다. 또 아이들은 쑥을 모아 놓고 동산에 불을 지르는데, 이를 해일(亥日)에는 돼지 주둥이를 사른다고 하고 자일(子日)에는 쥐 주둥이를 사른다고 한다. 모든 관청이 사흘간 쉰다. 사람들은 앞다투어 친척과 벗, 동료의 집에 가서 명함을 준다. 대갓집에서는 함을 마련해 명함을 받는다. 최근에는 이 풍속이 갑자기 사라졌으니 또한 세태가 바뀐 것을 알 수 있다.

정월 보름을 원석(元夕)이라고 하는데, 이날 약밥을 차려 둔다. 이월 초하루는 화조¹⁻라고 하는데, 새벽을 틈타 솔잎을 앞뜰에 흩어 놓는다. 시속(時俗)에서 이를 두고, 빈대를 싫어해서 바늘을 만들어 막는 것이라고 한다. 3월 3일은 상사(上巳: 삼짇날)인데, 시속에서는 답청절(踏靑節)이라고 부른다. 모두 나가서 교외를 유람하고 꽃을 따다 화전을 부치고 술자리를 벌인다. 또 쑥의 어린순을 캐 쑥떡을 만들어 먹는다.

사월 초파일은 연등절(燃燈節)이다. 시속에서 '부처님 오신 날'이라고 한다. 봄날 아이들이 종이를 잘라 기(旗)를 만들고 물고기 껍질을 갈라 북을 만든다. 앞다투어 모여 떼를 지어서 마을을 두루 돌며 연등(燃燈)을 만들 재료를 달라고 조른다. 이를 호기(呼旗)라고 부른다. 초파일이 되면 집집마다 장대를 세우고 등을 단다. 부잣집에서는 커다랗게 채색 시렁을 설치하고 층층으로 수많은 등불을 걸어 두는데, 마치 푸른 하늘에 별이 펼쳐

1_ 화조(花朝): '화조'는 온갖 꽃이 피어나는 시기라는 뜻으로, 음력 2월을 말한다. 2월 초하루 외에도 2월 12일과 2월 보름을 화조라고 부르기도 한다.

진 듯하다. 도성 사람들은 밤새도록 돌아다니며 구경하고, 무뢰배 소년들은 간혹 연등을 올려다보며 재미 삼아 쏘아 맞힌다. 요새는 불교를 숭상하지 않기 때문에 이따금 설치하지만 예전처럼 성대하지는 않다.

5월 5일은 단오다. 쑥으로 호랑이 모양을 만들어 문에 매달고 술에 창포(菖蒲)를 띄운다. 아이들은 쑥과 창포를 엮어 띠를 만들고 창포 뿌리를 캐서 수염을 만든다. 도성 사람들은 거리에 두 개의 장대를 세워 그네를 매단다. 여자아이들은 모두 고운 옷으로 단장하고 동네 곳곳에서 떠들썩하게 재잘대며 앞다투어 채색된 줄을 붙잡는다. 소년들이 떼를 지어 와 그네 줄을 밀고 당기면서 음란한 농담을 끝없이 나눈다. 조정에서 이를 금하여 지금은 성행하지 않는다.

유월 보름은 유두(流頭)라고 한다. 옛날 고려 환관들이 더위를 피해 동쪽 냇가에 나가 물에 머리를 풀고 띄웠다 가라앉혔다 하며 술을 마시고 놀아서 '흐르는 물에 머리를 감는다'는 뜻의 '유두'라 부른다. 세속에서는 이날을 명절로 삼아 수단(水團)을 만들어 먹으니, 회나무 잎 가루를 밀가루에 반죽하여 냉면을 만들어 먹던 풍습을 따른 것이다.

칠월 보름은 시속에서 백종(百種)이라 부른다. 절에서 100가지의 꽃과 열매를 모아 우란분(盂蘭盆)을 연다. 서울에 있는 비구니의 암자에서 더욱 성행하여 부녀자들이 많이 모여들어 곡식을 바치고 돌아가신 어버이의 영혼을 부르는 제사를 지냈다. 이따금 승려들이 길거리에 탁자를 놓고 제사를 지내기도 했는데, 요새는 엄격히 금지하여 그 풍속이 다소 수그러졌다.

추석에는 달구경을 하고, 9월 9일에는 높은 언덕에 오르고, 동지에는 팥죽을 먹고, 섣달 그믐날에는 밤을 새니, 이 일 또한 모두 옛날부터 전래된 풍속이다.

당시의 명절 풍속이 생생하게 그려져 있다. 관상감은 천문과 역법을 맡은 관청이다. 방상시는 악귀를 쫓는 역할을 하며, 무서운 탈을 쓴다. 방상시가 초라니를 몰아내는 행사는 섣달 그믐날 역병을 일으키는 나쁜 귀신을 내쫓는 뜻을 담고 있다. 동발은 타악기의 일종으로 심벌즈와 유사하다. 방매귀는 악귀를 몰아낸다는 뜻이다. 종규는 역병을 일으키는 귀신을 잡아먹는 신이다. 해일에 돼지를 사른다고 이르는 것은 해일의 해(亥)가 돼지를 뜻하기 때문이고, 자일에 쥐를 사른다고 이르는 것은 자일의 자(子)가 쥐를 의미하기 때문이다. 답청절은 풀을 밟는 절기라는 뜻이다. 수단은 흰떡을 둥글게 빚어 꿀물에 넣고 실백잣을 띄운 음식이다. 우란분은 죽은 이를 위로하는 행사다.

서울의 명소

　서울 안에는 경치 좋은 곳이 적지만, 그중에 놀 만한 곳은 삼청동(三淸洞)이 제일이다. 인왕동(仁王洞)이 그다음이고, 쌍계동(雙溪洞)·백운동(白雲洞)·청학동(靑鶴洞)이 또 그다음이다.

　삼청동은 소격서(昭格署) 동쪽에 있다. 계림제(鷄林第)에서 북쪽으로 가면, 맑은 시내가 소나무 사이에서 솟아 나온다. 물을 따라 위로 올라가면 산은 점점 높아지고 숲은 울창하고 바위 절벽은 깊어진다. 몇 리 안 가서 바위가 끊어지고 벼랑이 되면서 그 벼랑 틈으로 물이 뿜어 나와 흰 무지개를 드리우고 구슬이 흩뿌려지는 듯 물방울이 사방으로 튄다. 그 아래에는 떨어지는 물이 고여 못이 되었는데, 그 옆에 수십 명이 앉을 수 있는 평평한 바위가 있다. 주위에는 높은 소나무가 그늘을 만들며, 그 위로 바위 틈틈이 난 진달래와 단풍이 봄가을로 못에 붉게 비쳐 아름답다. 사대부들이 많이 놀러 온다. 그 위로 몇 걸음 가다 보면 연굴(演窟)이 있다.

　인왕동은 인왕산 밑에 있으니, 깊은 골짜기가 구불구불 이어진다. 복세암(福世庵)은 골짜기의 물이 합쳐져 시내를 이루니 서울 사람들이 다투어 와서 과녁에 활을 쏜다.

쌍계동은 성균관 위의 골짜기에 있다. 두 개의 시내가 합쳐져 큰 계곡을 이룬다. 김뉴(金紐)가 시냇가에 집을 만들고 복사나무를 심어 무릉도원을 본떴는데, 강희맹이 이곳을 두고 부(賦)를 지었다. 김뉴는 문장을 잘 짓고 아취가 있는 것으로 명망이 높아 훌륭한 선비들이 많이 그에게 와서 교유했다.

백운동은 장의문(藏義門) 안에 있는데, 중추(中樞) 벼슬을 한 이염의(李念義)가 살고 있다. 시인들이 이곳을 자주 시로 읊는데 정작 이씨는 눈 뜨고 기역 자도 모르는 인물로, 유명한 인사가 아니다.

청학동은 남학(南學)의 남쪽 골짜기다. 골짝이 깊고 맑은 시내가 흘러 활 쏘는 장소로 제격이다. 그러나 산에 나무가 없어 민둥산이니 이 점이 참 아쉽다.

도성 밖의 유람한 만한 곳으로 장의사(藏義寺)라는 절 앞의 계곡이 가장 아름답다. 계곡물은 삼각산의 여러 골짜기에서 흘러나오고, 골짜기 안에는 여제단(厲祭壇)이 있으며 그 남쪽에 무이정사(武夷精舍)의 옛터가 있다. 절 앞에 돌을 수십 길 쌓아 세운 정자가 있고, 절 아래 수십 걸음 내려가면 차일암(遮日巖)이라는 바위가 있다. 차일암은 깎아지른 듯이 험준하게 솟아 계곡을 맞대고 있다. 바위 위에는 장막을 쳤던 우묵한 곳이 있다. 또 돌이 계단처럼 층층이 쌓여 있는 바위에 세차게 흐르는 물줄기가 어지럽게 부딪치니 맑은 하늘에 천둥소리가 우르릉우르릉 울린다. 물은 맑고 돌은 흰빛이라 마치 신선 세계의 아름다운 경치 같으니 옷을 잘 차려입은 사람들이 끊이지 않고 놀러 온다. 물줄기를 따라 아래로 3, 4리 정도 내려가면 부처바위가 있다. 계곡물은 꺾여서 빙 돌아 북쪽으로 향하고 다시 서쪽으로 흐른다. 옛날에는 그 사이에 물레방아가 있었는데, 지금은 없어졌다.

그 아래로 3, 4리 정도 가면 홍제원(洪濟院)이다. 홍제원 남쪽으로 작은 언덕이 있는데 큰 소나무가 빽빽하게 서 있다. 옛날에는 그 사이에 오래된 정자가 있어서 중국 사신들이 옷을 갈아입는 곳이었는데, 지금은 없어진 지 오래다. 모래 언덕에서 남쪽으로 모화관(慕華館)까지 가는 사이에 좌우로 큰 소나무와 밤나무 숲이 울창하게 그늘을 이룬다. 서울 사람들이 마중 나오고 배웅하며 과녁을 쏘러 많이 모여든다. 하지만 흐르는 시내와 맑은 물줄기가 없다.

목멱산(木覓山)의 남쪽으로 이태원 평야에는 맑은 시내가 고산사(高山寺)의 골짜기에서 흘러나오고, 골짜기에는 큰 소나무가 빽빽하게 차 있다. 서울의 부녀자들이 빨래하러 많이 간다.

우리 큰형님 댁 뒤뜰에 있는 높은 산등성이의 이름이 종약산(種藥山)인데, 북쪽으로 서울의 온 도성이 눈앞에 펼쳐지고 서쪽으로 긴 강이 바라보여 시야가 탁 트인다. 하지만 계곡이 없는 점이 아쉽다.

　그 외에 서쪽으로 진관동(津寬洞)과 중흥동(中興洞), 서산동(西山洞)이 있고, 북쪽으로 청량동(淸涼洞)과 속개동(俗開洞)이 있고, 동쪽으로 풍양사(豊壤寺)가 있고, 남쪽으로 안양사(安養寺)가 있다. 모두 산이 높고 계곡이 커서 유람할 만한 곳이 한둘이 아니다. 하지만 서울과 가깝지 않아 그곳까지 놀러 가는 사람은 드물다.

삼청동은 지금도 명소지만, 조선 초기부터 아름답기로 명성이 높았다. 소격서는 하늘과 별, 산천에 제사 지내던 곳으로 지금의 삼청동에 있다. 남학은 서울의 중앙과 동쪽, 서쪽, 남쪽에 세운 네 곳의 국립 교육 기관 중 남쪽에 있던 학당(學堂)이다. 여제단은 전염병을 퍼뜨리는 귀신을 제사 지내는 곳으로 서울과 각 군현에 설치했다. 무이정사는 안평대군의 별장으로 도성의 북문인 창의문(彰義門) 밖에 있었다. 홍제원은 중국 사신이 묵던 여관으로 지금의 홍제동에 있다. 모화관은 중국 사신을 영접하던 곳이다. 목멱산은 남산을 말한다. 성현이 말한 서울은 사대문 안으로, 지금 서울의 중심부에 해당하는 지역이다.

우리나라 음악가

음악은 여러 기예 중에서 가장 배우기 어려우니, 타고난 자질이 없다면 그 참된 멋을 터득할 수 없다. 고구려, 백제, 신라는 각각 자기 나름의 음률과 악기를 갖고 있었다. 그러나 까마득히 오래된 시대의 일이라 자세히 알 수 없다.

지금의 거문고는 신라에서 나왔고, 가야금은 금관가야(金官伽倻)에서 나왔다. 대금은 당나라 피리를 본떠 만든 것인데, 그 소리가 가장 웅장해서 음악의 근본이 된다. 향비파(鄕琵琶)도 당나라 비파를 본떠 만든 것인데 기러기발을 설치한 것은 거문고와 같다. 그런데 줄을 골라 당기고 퉁기는 방법이 배우기 어려워서 잘 타지 못하면 듣기 어렵다. 전악(典樂) 송태평(宋太平)이 향비파를 잘 연주했는데, 그 아들 송전수(宋田守)가 그 연주법을 전수받아 매우 절묘하게 연주했다. 나는 어릴 적에 큰형님 집에서 그 연주를 들었는데, 마치 마고(麻姑)가 가려운 곳을 긁어 주는 것 같아 아무리 들어도 싫증 나지 않았다. 그러나 도선길(都善吉)에 비하면 미치지 못한다. 하지만 송전수 이후로는 오직 도선길만이 송태평에 필적했고, 그 나머지는 미치지 못했다. 지금은 잘하는 사람이 없다.

당비파(唐琵琶)로 말하면 역시 송전수가 일급의 솜씨이니 도선길과 함께 명성이 높았다. 요새는 당비파를 잘 연주하는 악공이 많다. 사대부와 서민에 이르러서도 음악을 배울 때는 반드시 비파를 먼저 배우지만 특출한 사람은 없다. 오직 김신번(金臣番)이 도선길의 연주법을 모두 터득했는데 호방한 맛은 도선길보다 나으니, 그가 또한 지금의 최고 고수다.

악기 중에 거문고는 가장 듣기 좋은 것으로, 음악을 배울 때 시작이 되는 악기다. 눈먼 악공 이반(李班)은 세종에게 거문고 실력을 인정받아 궁궐을 출입했다. 김자려(金自麗) 또한 거문고를 잘 탔다. 내가 어렸을 때 그 소리를 듣고 흠모했지만 그 연주법은 배우지 못했다. 지금 악공들의 음악과 비교하면 구식임을 면하지 못할 것이다. 악공 김대정(金大丁), 이마지(李亇知), 권미(權美), 장춘(張春)은 모두 같은 시대의 음악가다. 당시 논객이 말했다.

"김대정의 연주는 간결하고 엄숙하며, 이마지의 연주는 아름다워서 각각 그 지극한 경지에 이르렀다."

김대정은 일찍 죽음을 당하여 내가 그 연주를 미처 들어 보지 못했고, 권미와 장춘은 모두 평범한 솜씨였다. 오직 이마지가 선비들에게 높은 평가를 받았고, 성종의 총애를 받아 두 번이나 전악(典樂)이 되었다. 나는 노공필(盧公弼), 박효원(朴孝元), 안침(安琛), 임사홍(任士洪), 채수(蔡壽)와 함께 이마지를 찾아가 거문고를 배운 적이 있다. 나는 그를 날마다 불러들였고 어떨 때는 함께 자기도 한 터라 그의 거문고 소리를 익히 들었다. 그 소리는 거문고의 밑바닥에서 나는 듯했고, 술대[匙]를 잡은 흔적이 없었다. 그 소리를 들으면 경이로운 생각이 들었으니 참으로 빼어난 솜씨였다. 이마지가 죽은 뒤로 그의 연주 방식이 세상에 크게 유행했다. 지금 사대부 집의 여종들 중에도 거문고를 잘 타는 이가 있는데 모두 이마지의 연주법을 아는 덕에 소경 악공의 비속한 버릇은 없다. 전악 김복근(金福根)과 악공 정옥경(鄭玉京)이 빼어나게 연주하니 당대 제일의 명수다. 상림춘(上林春)이라는 기생도 실력이 엇비슷하다.

가야금은 황귀존(黃貴存)이라는 사람이 잘 연주한다는데 나는 미처 들어 보지 못했다. 일전에 김복산(金卜山)의 연주를 들었는데, 그 당시에는 감복하기를 그칠 수 없었지만 지금 와서 생각해 보니 역시 너무 질박하다. 요새 나이 든 여성이 대갓집에서 쫓겨 나와 비로소 그의 음악을 바깥에 퍼뜨렸는데, 그 음악이 아름답고 절묘하여 아무도 대적할 수 없었다. 이마지도 옷깃을 여미고 정중한 태도로 자신이 미칠 수 없는 경지라고 하였다. 요새 정범(鄭凡)이란 사람이 소경 악공 중에 가장 연주 실력이 뛰어나 세상 사람들 입에 오르내린다.

대금 연주자로 말하면 세종 때는 허오(許唔)가 있었고, 그를 이어 이승련(李勝連)과 서익성(徐益成)이 있었다. 이승련은 세조에게 인정을 받아 군직(軍職)에 임명되었고, 서익성은 일본에 가서 죽었다. 지금은 김도치(金都致)가 있는데, 여든을 넘겼지만 소리가 여전히 쇠하지 않아 대가로 인정받는다. 아쟁은 옛날에 김소재(金小材)가 잘 탔는데 그 또한 일본에서 죽었다. 그 뒤로 명맥이 끊어진 지 오래다. 하지만 지금 임금께서 음악에 유의하여 가르치시니 악기를 잘 연주하는 사람이 계속 나온다.

성현은 성종 6년(1475) 장악원 첨정(僉正)이 되었으며, 성종의 명령을 받아 박효원, 채수와 함께 장악원에서 음악을 익혔다. 당시 음악에 대한 풍부하고도 깊이 있는 서술은 성현의 이러한 경력에서 비롯된 것이다. 전악은 장악원의 관리를 말한다. 장악원은 음악에 관한 일을 맡아보는 관청이다. 마고는 긴 손톱으로 가려운 곳을 시원하게 긁어 준다는 선녀다. 서익성과 김소재의 사례에서 조선 초기 음악가들이 일본에 가서 음악을 전수한 상황을 알 수 있다.

우리나라 화가

물건의 형상을 묘사하는 것은 타고난 자질이 없으면 정밀하게 할 수 없다. 한 가지 물건을 정밀하게 그릴 수 있더라도 여러 물건을 정밀하게 그리기는 더욱 어렵다.

우리나라 역사상 이름난 화가는 매우 드물다. 근래부터 살펴보면 공민왕(恭愍王)의 그림은 품격이 매우 높다. 지금 도화서(圖畫署)에 소장된 노국대장공주(魯國大長公主: 공민왕의 왕비)의 초상화와 흥덕사(興德寺)에 있는 〈석가출산상〉(釋迦出山像)이 모두 공민왕이 그린 것이다. 이따금 대갓집에 공민왕이 그린 산수화가 있는데, 매우 기이하고 절묘하다. 윤평(尹泙)이란 사람 또한 산수(山水)를 잘 그렸다. 지금 사대부들이 그의 그림을 많이 소장하고 있다. 그러나 필적(筆跡)이 담박하여 기이한 운치가 없다.

조선에 이르러서 고인(顧仁)이란 사람이 중국에서 왔는데 인물화를 잘 그렸다. 그 뒤로 안견(安堅)과 최경(崔涇)이 명성을 나란히 했다. 안견의 산수화와 최경의 인물화는 모두 신묘한 경지에 들었다. 지금 사람들은 안견의 그림을 금이나 옥처럼 소중하게 아낀다. 내가 승지가 되었을 때 궁궐에 보관된 〈청산백운도〉(靑山白雲圖)를 보았는데 참으로 빼어난 보물이었다. 안견은 〈청산백운도)에 대해 항상 이렇게 말했다.

"평생의 공력이 여기에 있다."

최경 역시 만년에 산수와 고목(古木)을 그렸지만, 안견의 솜씨에는 미치지 못했다. 그 밖에 홍천기(洪天起), 최저(崔渚), 안귀생(安貴生) 등이 산수화로 유명했지만 모두 평범한 솜씨다. 오직 선비 김서(金瑞)의 말[馬] 그림과 남급(南汲)의 산수화가 매우 아름답다.

강희안(姜希顔)은 타고난 자질이 높고 오묘하여 옛사람들이 미처 생각하지 못한 경지를 얻었으니 산수화와 인물화 모두 뛰어났다. 그가 그린 〈여인도〉(麗人圖)를 보았는데, 털끝 하나도 잘못이 없었다. 그의 〈청학동〉(靑鶴洞)·〈청천강〉(菁川江) 두 족자와 〈경운도〉(耕雲圖)는 모두 기이한 보배다.

배련(裵連)은 산수화와 인물화를 모두 잘 그렸는데, 평소에 최경을 인정하지 않아 최경과 사이가 나빴다. 강희안은 항상 배련의 그림에 우아한 정취가 있다고 칭찬했다. 이장손(李長孫), 오신손(吳信孫), 진사산(秦四山), 김효남(金孝男), 최숙창(崔叔昌), 석령(石齡) 등은 지금 비록 유명하지만 모두 그림의 경지를 논할 만한 사람이 못 된다.

성현은 예술에 대한 안목이 뛰어났다. 도화서는 궁궐에 필요한 그림을 그리던 관청이다. 〈석가출산상〉은 부처님이 산에서 내려오는 모습을 그린 그림이다. 홍천기는 여성 화가로 절세미인이었다. 〈여인도〉는 미인도를 말하고, 〈경운도〉는 은자가 깊은 산에 은거한 모습을 그린 그림이다.

우리나라 문장가

우리나라의 문학은 최치원(崔致遠) 때부터 유명해지기 시작했다. 최치원은 당나라에 들어가 과거에 급제한 뒤로 문장을 잘 짓는다는 명성을 크게 떨쳤다. 지금은 문묘(文廟)에 배향(配享)되었다. 지금 그의 작품을 살펴보면, 비록 시구를 잘 짓긴 하지만 뜻이 정밀하지 않고, 비록 사륙문(四六文)을 짓는 솜씨가 공교롭긴 하지만 어휘가 정돈되어 있지 않다.

그 뒤로 김부식(金富軾)의 문장은 넉넉하지만 화려하지는 않고, 정지상(鄭知常)의 글은 찬란하지만 굳건한 기운을 드날리지는 않는다. 이규보(李奎報)는 글을 전개하는 데는 뛰어나지만 잘 수습하지는 않고, 이인로(李仁老)는 자구(字句)를 잘 단련하지만 글을 펼쳐 나가는 필력은 부족하다. 임춘(林椿)은 치밀하지만 통창(通暢)한 맛이 부족하고, 이곡(李穀)은 적실하지만 의표를 찌르는 사고가 부족하며, 이제현(李齊賢)은 노련하고 건실하지만 수사가 부족하다. 이숭인(李崇仁)은 온건하나 유장한 맛이 부족하고, 정몽주(鄭夢周)는 순수하지만 요점을 갖추지 못했으며, 정도전(鄭道傳)은 부풀리는 데 능하지만 단속하지 않는다. 이색(李穡)은 집대성하여 시와 산문에 모두 뛰어나다고 세상에서 일컬어진다. 그러나 고루하고 엉성한 면이 많아 원나라 사람의 시와 비교해도 미치지 못하는데, 당나라와 송나라의 경지에 비할 수 있겠는가? 권근(權近)과 변계량(卞季良)은 비록 대제학(大提學)이 되었지만 이색에게 미칠 수 없으며, 그중 변계량이 수준이 더 낮다.

세종(世宗)이 처음으로 집현전(集賢殿)을 설치하여 문학을 잘하는 선비들을 맞아들였으니, 신숙주(申叔舟), 최항(崔恒), 이석형(李石亨), 박팽년(朴彭年), 성삼문(成三問), 유성원(柳誠源), 이개(李塏), 하위지(河緯地) 등이 모두 그 당시에 이름을 날렸다.

성삼문의 산문은 호방(豪放)한 기상이 있었지만 시는 잘하지 못했다. 하위지는 대책문(對策文)과 상소문은 잘 지었지만 시에 대해서는 잘 몰랐다. 유성원은 타고난 재주 덕에 조숙했지만 독서를 폭넓게 하지 않았다. 이개의 문장은 맑고 빼어나 영특한 생각을 드러냈으며, 시 역시 정갈하고 뛰어났다. 하지만 당시 문인들은 박팽년을 집대성자라고 받들었으니 그의 경술(經術), 문장, 필법이 모두 훌륭했기 때문이다. 그러나 이들은 모두 죽임을 당해 저술이 세상에 드러나지 않았다. 최항은 변려문을 잘 지었고, 이석형은 과거 시험의 답안을 잘 지었다. 그리고 신숙주의 문장과 도덕은 한 시대의 추앙을 받았다.

그 뒤를 이은 사람은 서거정(徐居正), 김수온, 강희맹, 이승소

(李承召), 김수녕(金壽寧)과 우리 큰형님 성임(成任)뿐이다. 서거정의 문장은 화려하고 아름다우며 그가 시를 지을 때는 오로지 한유(韓愈)와 육유(陸游)의 시체(詩體)를 모방했는데, 손이 가는 대로 쓰면 곧바로 둘도 없는 곱고 아름다운 글이 되었다. 그래서 그는 오랫동안 대제학을 맡았다. 김수온은 책을 다 읽고 나면 반드시 줄줄 외웠기 때문에 문장의 체재를 터득할 수 있었다. 그의 문장은 웅건하고 호방하여 아무도 그와 문장을 겨룰 수 없었다. 그러나 그는 꼼꼼한 성품이 아니어서 시의 압운(押韻)에 착오가 많아 격식에 맞지 않았다. 강희맹의 시문은 법도에 맞고 고상하며 천기(天機)에서 우러나온 것이 절로 무르익어, 여러 사람 중에 가장 뛰어났다. 이승소는 시와 산문이 모두 아름다워 마치 솜씨 좋은 장인이 다듬고 새긴 것처럼 가공한 흔적이 없다. 우리 큰형님의 시는 당나라 말기의 체재를 터득하여 떠다니는 구름과 흐르는 물처럼 막힘이 없다. 김수녕은 타고난 자질 덕분에 조숙했는데, 반고(班固)를 모범으로 삼아 문장이 노련하고 건실하다. 『세조실록』(世祖實錄)을 편찬할 때 사건을 기록하는 글은 대부분 그의 손에서 나왔다. 이상의 여러 사람이 모두 세상에 명성을 떨쳐 한 시대의 문학이 찬란히 빛났다.

성현은 집현전 설치로 조선의 문학 수준이 크게 높아졌다고 보았다. 성삼문 등 사육신의 문헌이 전하지 않는 상황에서 단편적인 기록을 통해 이들의 문장을 짐작할 수 있다. 유가적 문학관에 따라 문학사 전반을 개관했기 때문에, 승려는 거론되지 않는다. 원나라와 당나라, 송나라 시의 체재를 운운하는 것은 조선 사대부들이 당나라와 송나라의 시를 전범으로 삼고, 원나라는 오랑캐가 세운 왕조라 여겨 그 문화도 경시했기 때문이다. 사륙문은 네 글자와 여섯 글자로 짝을 맞춰 지은 문장이다. 한유는 당나라 문학가이며, 육유는 남송 시인이다. 반고는 중국 후한 시대 역사가로 『한서』(漢書)를 집필했다.

세종의 한글 창제

세종이 언문청(諺文廳)을 설치하고 신숙주와 성삼문에게 명을 내려 언문(諺文)을 만들게 했다. 첫소리와 받침으로 통용되는 초종성(初終聲)이 여덟 글자, 첫소리가 여덟 글자, 가운뎃소리가 열한 자다. 글자체는 인도의 고대 글자를 참조해 만들었다. 우리나라뿐 아니라 여타 모든 나라의 말과 소리 중에 글자로 기록할 수 없던 것을 언문으로 모두 막힘없이 기록할 수 있다. 『홍무정운』(洪武正韻)의 여러 글자도 모두 언문으로 쓸 수 있다.

언문은 다섯 소리로 구별하니, 어금닛소리, 혓소리, 입술소리, 잇소리, 목구멍소리다. 입술소리에는 경(輕)과 중(重)의 구별이 있고, 혓소리에는 정(正)과 반(反)의 구분이 있다. 그 글자는 또 청음(淸音)과 탁음(濁音)을 기준으로 전청(全淸), 차청(次淸), 전탁(全濁), 불청불탁(不淸不濁)의 차이가 있다.

비록 배우지 못한 부인네라도 환하게 깨닫지 못하는 사람이 없으니, 성상(聖上)의 창조적 지혜는 보통 사람의 힘으로 미칠 바가 아니다.

성현이 한글에 대해 우호적인 입장을 지녔음을 볼 수 있다. 초종성은 초성과 종성을 통용하는 글자를 말한다. 『홍무정운』은 한자의 음운(音韻)에 관한 중국의 서적이다. 청음과 탁음은 성대의 울림에 따라 나뉜다. 청음은 안울림소리이고, 탁음은 울림소리다. 전청은 예사소리이고, 차청은 거센소리이며, 전탁은 된소리다. 예를 들어 'ㄱ'은 전청이고, 'ㅋ'은 차청이며, 'ㄲ'은 전탁이다. 불청불탁은 전청과 차청, 전탁에 들지 않는 소리로, 'ㄴ, ㅁ, ㄹ, ㅇ'이 이에 해당한다.

일본의 풍속

일본국에는 황제와 국왕이 있다. 황제는 궁중에 유폐(幽閉)되어 아무 일도 하지 않는다. 다만 아침저녁으로 하늘에 절하고 해에 절할 뿐이다. 그래서 세상 사람들이 권한은 없지만 존귀한 자를 일컬어 '왜황제'(倭皇帝)라고 한다. 국왕이 국정을 주관하여 결정하지만 대신들이 각각 병사를 소유하고 땅을 나누어 차지하고 있다. 그래서 때때로 대신이 모반을 꾀해 왕의 명을 거역하더라도 왕이 대신을 제어할 수 없다. 대신은 좌우 무위전(左右武衛殿), 경극전(京極殿), 전산전(畠山殿), 세천전(細川殿), 대내전(大內殿), 소이전(小二殿) 등으로 종류가 아주 많다. 황제나 국왕의 자식들은 오직 맏아들만 혼인을 해서 대를 잇고, 나머지는 모두 승려나 비구니가 된다. 그 신분이 높아 아랫사람과 혼인할 수 없기 때문이다. 일본국은 모두 바다 가운데 있고, 국토가 매우 넓다. 가령 규슈(九州), 이키슈(一歧州), 쓰시마슈(對馬州)는 모두 섬인데, 면적이 또한 넓다.

일본의 풍속은 남녀가 모두 무늬 있는 옷을 입고 옷 모양에 남녀의 구별이 없다. 여자는 머리를 묶어 어깨를 덮는다. 승려가 된 남자는 머리를 깎는데, 그 의복과 갓은 우리나라 승려와 유사하다. 승려가 되지 않은 자는 머리를 깎지 않고 머리를 땋아 상투를 틀고 상투 위에는 작은 관을 쓴다. 또 이마와 머리를 반만 깎는 자도 있고, 반에 반만 깎는 자도 있는데, 이로써 관직을 구분한다. 그 옷에는 다 나무와 풀, 새와 동물이 그려져 있어 알록달록하다. 상의와 하의에 모두 소매가 있어, 두 발을 두 가랑이에 넣고 땅에 끌고 다닌다. 서로 싸울 때는 바짓가랑이를 띠 사이에 꽂고 칼을 들고 나온다. 존귀한 자를 보면 맨발로 땅에 무릎을 꿇는 것이 예법이다.

일본에는 매를 때리는 형벌이 없고, 죄의 가볍고 무거움을 막론하고 다만 목을 벨 뿐이다. 그러나 비록 중죄인이라도 도망쳐서 절 문으로 들어가면 형벌을 면할 수 있다. 사람마다 쇳조각을 얻어 어릴 적부터 칼을 만들고 해마다 달마다 단련을 거듭하여 거리에 나가 타인에게 시험한다. 비록 죽는 자가 삼(森)처럼 많더라도 흔한 일로 여기고 죄를 묻지 않는다. 그렇지만 승려가 된 자에게는 해를 끼칠 수 없다. 그래서 승려를 귀하게 여긴다. 사람이 죽으면 나무판으로 관을 만들고 시신을 앉혀서 매장한다. 봉분(封墳)을 만들거나 나무를 심지 않아 무덤이 평지와 구분되지 않는다. 그 음악 역시 볼만하지 않다. 한 손으로 작은 북을 집고 다른 손으로 그걸 쳐서 박자를 만들고, 춤추는 자는 부채를 들고 몸을 돌리며 춤을 춘다.

일본 왕의 사신이 우리나라에 도착하면 우리 임금이 정전(正殿)에서 두 번 접견하고 예조(禮曹)에서 또 두 번 연회를 열어 대접한다. 대신이 사신을 보내거나 쓰시마 영주가 특별히 사신을 보내면 임금이 편전(便殿)에서 한 번 접견하고 예조가 두 번 연회를 연다. 그외에는 예조에서 한 번 연회를 열 뿐이다. 일본에서는 군신의 구분은 있지만 신하가 왕의 명령을 거역해도 왕이 신하를 제어할 수 없다. 또 일본 왕의 사신이 쓰시마에 이르면 쓰시마 영주가 반드시 사신에게 뇌물을 받는다. 뇌물을 주지 않으면 가두고 석방하지 않으니, 이는 머리가 아래 있고 발이 위에 있는 격이라 하겠다.

일본국이 우리나라에 『대장경』(大藏經)을 요청해서 얻으면, 사람마다 머리 위에 『대장경』을 들고 "풍속이 순박하고 아름다워 태평세월을 기약할 수 있다"고 한다. 또 일본국이 우리나라에 요구하는 것은 『논어』(論語), 『법화경』(法華經), 『삼체시』(三體詩), 우황(牛黃), 호피(虎皮), 요발(鐃鈸) 등이다. 일본인은 노루, 사슴, 소, 돼지고기를 먹지 않고 오직 개를 먹는 것을 좋아한다. 또 잉어를 먹는 걸 좋아하며, 이것이 세상에서 제일가는 진미라고 한다.

성현은 일본에서 왕과 신하의 권력이 전복되어 있는 점을 반복해서 언급하며, 승려의 지위가 높은 이유에 대해 고찰하고 있다. 일본이 조선과 다른 점 가운데 이 두 가지가 특히 이질적으로 여겨졌던 모양이다. 『삼체시』는 송나라 말기에 편찬한 시집으로 당시(唐詩)가 수록되어 있다. 요발은 청동으로 된 타악기로 마주 쳐서 소리를 낸다.

북방 여진족의 풍속

　여진족의 주거지와 우리나라의 평안도가 접경(接境)된 지역을 건주위(建州衛)라 하고, 영안도(永安道)와 접경한 지역을 모린위(毛隣衛)라 한다. 또 우리 성 밑에 의탁해서 사는 여진족도 있으니 그 부류가 한둘이 아니다. 해마다 겨울이면 서로 돌아가면서 서울에 올라오는데, 공물로 바치는 것은 다만 담비 가죽 몇 장이다. 우리 조정은 붉고 검은 면포(綿布)로 보상한다.

　우리나라에서 여진족에게 주는 관직은 사맹(司猛)·사정(司正)·사과(司果)·사직(司直)·호군(護軍)부터 통정대부(通政大夫)·가정대부(嘉靖大夫)·자헌대부(資憲大夫)에 이른다. 새로 당상관(堂上官)에 임명된 자는 옥관자(玉貫子)와 품대(品帶)와 승상(繩床)을 받고, 또 관례에 따라 녹봉(祿俸)을 받는다. 그러나 혹 조금이라도 뜻에 맞지 않으면 직첩(職牒)을 찢어 뜰에 던져 버린다. 관직에 비록 높고 낮은 차이가 있어도 윗사람과 아랫사람의 구분이 없고, 술에 취하면 서로 주먹으로 치고 욕하며 싸운다. 그들의 원래 거주지에 있을 때 무리의 우두머리를 맡았던 자가 있어도 서로 공경하지 않고 오직 원수를 갚는 일만 일삼는다. 비록 여러 세대가 지나도 원수를 잊지 않고 맹세하여 서로 전하며 병사를 일으킨다. 병사 또한 모두 급여를 주고 데려오고, 병사 중에 죽은 이가 있으면 모두 돈으로 보상한다. 겉으로는 마음을 다해 사모하는 척하지만 실상 내심으로는 고집이 세어 굴복하지 않고 항상 도둑질할 마음을 품고 있다. 만일 우리 백성들이 들에서 농사짓는 걸 보면 강제로 잡아 데려가 서로 사고팔아 생업의 밑천으로 삼는다.

혼인하는 법은 소와 말 수십 마리를 바쳐 서로 약속을 정하는 것이다. 혼인날 밤에 이웃 사람들이 모두 오면 신부를 성대하게 치장하고 내보내 손님들에게 인사하게 한다. 또 어린 소녀를 치장하여 '인속'(引屬)이라 부른다. 인속은 신부에게 예법과 법도를 가르친다. 또 인속이 큰 광주리를 잡고 손님 앞에 나와 절하면 손님은 많고 적음을 논하지 않고 의복이나 옷감을 광주리에 던져 주어 신부의 살림에 도움을 준다.

형이 죽으면 반드시 동생이 형수를 취한다. 형이 동생의 아내를 취하지는 않는다. 그 이유에 대해서는 이렇게 말한다.

"동생은 내 아들과 같으니, 어찌 아들의 아내를 취하겠소? 형은 내 아버지와 같으니, 아버지의 재산을 아들이 어찌 계승해 받지 않겠소?"

형이 살아 있을 때 형수를 취하는 사람도 있다. 그 형이 밭일이나 사냥으로 외출할 때 동생과 어머니, 형수가 한방에 있다가 동생이 만일 욕심이 있으면 형수에게 말한다.

"형수님, 형수님, 따뜻함과 부드러움을 빌려 주기 바라오."

형수 또한 이 요구에 거절하지 않고 따른다. 만일 형수가 거절하면 어머니가 이렇게 말한다.

"남들이 다하는 걸 넌 왜 못한다는 말이냐?"

동생 또한 형수를 때려서 강제로 범한다. 혹 동생이 형수를 진실로 사랑하는 마음이 있으면 형을 쏘아 죽인다. 그러면 형의 아들이 또 말한다.

"무엇 때문에 내 아버지를 죽였소?"

그런 후 조카가 삼촌을 쏘아 죽인다. 이렇게 해서 서로 간의 복수가 그치지 않는다.

장례를 지낼 때는 구멍을 파서 시신을 그 가운데 던지고 돌을 쌓아 봉분을 만든다. 술과 밥을 마련해 제사를 지낸 후에 술과 밥을 구멍에 쏟아 시신과 서로 섞이게 한다. 또 죽은 이가 평생 사랑했던 말을 무덤 앞에 매어 놓고 활과 화살, 화살통도 그 위에 걸어 둔다. 그것들이 모두 녹아 없어질 때까지 기다리고, 다른 사람이 감히 이를 가져가지 못한다.

깊숙한 곳에 사는 여진족의 경우, 아버지가 늙어 걷지 못하면 자식이 진수성찬을 차려 대접하고 아버지에게 이렇게 묻는다.

"아버지, 곰이 되고 싶습니까? 호랑이가 되고 싶습니까?"

아버지가 원하는 대로 따라 그 동물의 가죽 주머니를 만들어 아버지를 주머니 속에 넣고 나무에 걸어 활로 쏜다. 한 발의 화살로 아버지를 죽이는 자를 참된 효자라고 한다.

성현은 1486년에서 1488년까지 평안도 관찰사를 지내며 변방의 사정을 자세히 알 수 있었다.

해설

성현의 생애와 『용재총화』

성현(成俔)의 『용재총화』(慵齋叢話)는 조선 초기의 정치, 경제, 역사, 외교, 문화, 예술 전반에 대해 기술한 수필집이다. 『용재총화』는 총 10권이고, 총 237화(話)가 실려 있다. 1권과 2권에는 주로 우리나라의 역사와 풍속에 대한 이야기가 실려 있고, 3권과 4권에는 역사적 인물과 당대 인물의 일화가 실려 있다. 5권에는 해학담과 골계담이 주를 이룬다. 6권에서 8권까지는 인물 일화, 시화(詩話), 속담 등이 실려 있고, 9권과 10권에는 제도와 문화, 풍속, 국외 사정에 대한 이야기가 실려 있다. 그러나 권별로 이야기를 엄격하게 분류한 기준은 보이지 않고, 특히 인물 일화는 고루 분포되어 있다.

성현은 방대한 저술을 남겼는데, 그중에서도 『용재총화』는 성현이 마지막으로 저술한 책으로 평생의 견문과 지식이 모두 담겨 있다. 그는 벗 채수의 책 『촌중비어』(村中鄙語)에 쓴 서문에서 필기(筆記)의 가치를 옹호한 바 있다. 여기서 그는 우리가 밥만 먹는 것이 아니라 과일도 종종 먹고 싶은 것처럼 사람에게는 꼭 읽어야 하는 경서나 역사서 외에도 필기나 야사(野史)를 읽고 싶은 욕구가 있다고 주장했다. 그에 따르면, 과일이 주식인 밥처럼 매일 먹어야 하는 것은 아니지만 먹으면 입이 즐겁고 몸에도 좋은 것처럼, 필기는 경서나 역사서처럼 정치와 수행(修行)에 직접적인 영향을 주는 글은 아니지만 독자에게 즐거움을 주고 다양한 방면의 지식을 알게 해 주는 장점을 지니고 있다.

성현은 조선 초기의 문신이다. 세종 연간에 태어나 세조, 예종, 성종, 연산군 네 임금을 모시며 높은 벼슬에 올랐다. 그는 어려서부터 음악을 사랑하여 당대 최고의 악공에게 직접 악기 연주법을 배웠고, 궁궐에 소장된 서화를 두루 감상했으며, 명나라 사신과 시문을 창수(唱酬)하며 직접 사신으로 명나라를 여러 번 다녀왔다. 이 과정에서 음악, 미술, 문학 등 다방면에 걸친 안목이 당대 최고 수준에 이르렀다. 그 결과 궁궐 음악을 관장하는 직책에 성현 이외의 인물을 둘 수 없어 그가 외직으로 임명되어도 곧 한양으로 돌아올 수밖에 없었다고 한다. 그는 우리나라 음악의 악보가 담긴 『악학궤범』(樂學軌範)을 편찬하고 고려가요를 개작하는 등 예술 문화의 발전에 큰 공헌을 했다.

또한 성현은 상하 계층을 막론하고 사람들의 이야기에 깊은 관심을 가지고 있었다. 고려와 조선의 역대 왕에서부터 선배와 동료 문인 및 일반 백성, 기생, 승려에 이르기까지 다양한 인물 군상의 삶이 담겨 있는 이야기를 채집했다. 특히 백성의 풍습을 면밀히 관찰하고, 그들이 일상생활에서 사용하는 속담과 격언, 시정과 거리에서 들려오는 풍문과 설화를 각 계층의 사람들을 통해 많이 듣고 이를 기록했다. 성현은 이러한 이야기에 대한 관심을 그의 형제 및 벗들과 공유했다. 성현의 맏형 성임은 중국의 『태평광기』(太平廣記)를 본떠 우리나라 고금의 기이한 이야기를 수집해서 『태평통재』(太平通載)를 간행했다. 성현의 벗 서거정은 양반, 관리, 상인, 천민 등 온갖 군상의 이야기가 담긴 『태평한화골계전』(太平閑話滑稽傳)을 지었고, 또 다른 벗 이륙은 야사, 일화, 소화가 담긴 『청파극담』(青坡劇談)을 지었다.

다음으로 성현은 국외 정세에 대한 방대한 지식과 뛰어난 통찰을 보여 주고 있다. 『용재총화』에는 명나라와 일본 사신, 여진족을 접대하는 방법과 이들의 의식주, 결혼과 장례 풍습, 요구 사항 등이 자세하게 기록되어 있다. 심지어 이해하기 어려운 풍습의 기저에 깔린 사고방식까지 기록되어 있다. 이는 그가 사신이 되어 외교 임무를 수행하는 과정에서 상대의 사정과 입장을 깊이 알고 이해해야 한다는 필요성을 느꼈고, 지방의 관찰사로 있으면서 백성에게 해를 끼치는 왜적과 여진족을 적절하게 관리해야 할 필요성을 느꼈기 때문이다. 공무로 인해 국적과 문화가 다른 사람을 접하는 과정에서 성현은 외국에 대해 방대하고 깊은 지식을 쌓을 수 있었다고 판단된다.

마지막으로 다방면의 광범위한 지식을 관통하는 성현의 긍정적인 사고와 유머 감각이 주목된다. 그는 승지에서 파직되었을 때 두 명의 벗과 금강산 유람을 떠났는데, 초라한 행색 때문에 역졸에게 무시를 당할 때조차 껄껄 웃으면서 그 상황을 즐겼다. 또 성현은 장난기가 많았고 재미있는 이야기를 좋아했다. 벗에게 벌레가 담긴 편지를 보낸다거나 친구의 말을 훔치는 등 장난을 일삼았고, 사대부들이 서로 골린 이야기나 백성들이 서로 골린 이야기를 많이 채집해 기록했다. 이러한 유형의 이야기는 늘 '주위 사람들이 박장대소했다'는 말로 끝이 난다. 결국 장난의 목적은 다름 아닌 웃음이다. 『용재총화』의 이야기를 읽노라면 성현 주위에는 항상 웃음이 끊이지 않았으리라는 생각이 든다. 간혹 슬프고 안타까운 이야기도 없지 않지만, 대부분의 이야기는 웃음으로 시작해 웃음으로 끝난다.

『용재총화』의 구성

『용재총화』는 각 이야기에 대한 제목이 없고, 장을 나눈 기준도 뚜렷하지 않다. 그래서 이 책에서는 이야기의 소재를 기준으로 일곱 개의 장으로 나누었다. 1장에는 남녀 간의 사랑 이야기를, 2장에는 역사책에 빠진 야사(野史)를, 3장에는 선비들의 일화를, 4장에는 영웅과 지사(志士)의 일화를, 5장에는 민중의 해학이 담긴 이야기를, 6장에는 귀신 이야기를, 7장에는 우리나라 역사와 풍속 이야기를 담았다.

　1장에서 주목되는 이야기는 '안생의 사랑'이다. 안생은 아내가 죽은 뒤 홀로 살다가 신분이 천한 여종을 후처로 삼는다. 둘의 사이는 매우 좋았고 처가에서도 안생을 아껴 재물을 보태 주기에 이른다. 호사다마(好事多魔)라는 말처럼 다른 사위들이 안생을 시기해 여종의 주인에게 그를 모함하고, 이에 재상은 여종을 잡아 와 가둔다. 재상은 여종을 다른 이에게 시집보내려 하는데, 혼인식 전날 밤 여종은 목매어 자살한다. 이 이야기 중 가장 극적인 장면은 아내의 제사를 마치고 돌아오는 안생의 눈앞에 아내가 귀신이 되어 나타나는 것이다. 꿈에서라도 아내를 한 번 보길 원했던 안생은 아내가 정말 나타나자 무서워하면서 도망친다. 아내를 사랑한 마음도 진심이고, 귀신을 무서워하는 마음도 진심이다. 산 자와 죽은 자의 경계와 비극적인 사랑이 얽혀 깊은 여운을 남긴다.

　2장에서 주목되는 이야기는 '어우동'이다. 어우동은 명문가의 딸로 태어나 왕족과 결혼했다. 외모도 빼어나 모든 사람의 부러움을 독차지했을 법하다. 그러나 어우동은 만인이 부러워하는 삶에 만족하지 않고 그릇 만드는 공인과 사랑을 나눈다. 남편에게 불륜이 발각되어 쫓겨나자 뜻이 맞는 여종과 함께 집을 나와 자유롭게 애인을 구한다. 하룻밤 밀애의 상대를 구하기도 하고 부부처럼 지내는 애인도 만든다. 그러다 풍속을 어지럽혔다는 죄로 사형을 받게 된다. 사형 집행 날 어우동을 위로해 주는 이는 오직 여종뿐이었다. 당시 한 기생이 수청을 들지 않았다는 이유로 매를 맞자 "어우동은 행실이 문란하다고 벌을 주고, 나는 절개를 지켰다고 벌을 주니, 어찌 나라에서 이렇게 법을 다르게 적용하는가?"라고 비판했다고 한다.

3장에서 주목되는 이야기는 '말 도둑질 장난'이다. 성현과 이륙이 친구 조회의 집에 찾아갔다가 문을 열어 주지 않자 문 앞에 매여 있던 말을 훔쳐 간 이야기다. 이야기의 절정은 이륙이 훔친 말을 잡아먹으려 하는 대목이다. 이륙은 몽둥이로 말 머리를 치려 하지만, 성현은 그를 붙잡고 말린다. 다음 날 조회가 말을 도둑맞아 걱정할 때 이륙과 성현은 빙긋이 웃고만 있다. 그때 말 울음소리가 들리고 조회가 가 보니 자기 말이었다는 유쾌한 결말로 끝이 난다. 쏟아지는 졸음을 쫓기 위해 벗의 집에 놀러 갔다가 일어난 요절 복통 에피소드가 성현과 그 친구들의 장난기를 잘 보여 준다.

4장은 뛰어난 영웅이나 절개가 곧은 선비의 이야기다. 대상이 된 인물들은 범상치 않은 용기와 능력을 지닌 데다 인간적인 매력도 담고 있다. 가령 문장으로 이름을 날린 김수온의 경우 꾸준한 노력과 공부로 남이 범접할 수 없는 경지에 올랐지만 가정 경제에는 오활(迂闊)하여 추위를 피하려 책을 깔고 자는 데 이른 다. 또한 이들은 대부분 피할 수 없는 역경을 겪지만 그 고난에 굴복하지 않는다. 하경복은 죽을 고비를 여러 번 겪지만 담력으로 모두 극복하며, 이옥은 재상 댁 도련님에서 노비로 강등되지만 공을 세워 벼슬을 받는다. 극복할 수 없는 고난도 있지만, 그런 때조차 고난에 굴복하지는 않는다. 정몽주와 최영은 자신의 삶의 가치를 지키기 위해 죽음을 담담히 받아들인다. 박안신 역시 죽음을 두려워하지 않는다. 자신의 행동이 옳다고 여겼기 때문이다. 죽음도 꺾을 수 없는 정신은 이들을 두고 하는 말이다.

5장에는 백성들의 해학적인 이야기를 담았다. 바보나 소경, 물정 모르는 승려, 어리석은 선비를 놀리는 내용이다. 바보 이야기에서 나오는 웃음은 독자가 그 바보보다 똑똑하다고 여기는 데서 기인한다. 또 지위가 낮은 사람이 지위가 높은 이를 속일 때 웃음은 증폭된다. 상급자는 권위를 내세우며 하급자를 억압하지만 실상은 하급자보다 아둔하고 탐욕스럽다는 인식이 상좌가 사승을 속이는 이야기에 담겨 있다. 여색에 초연하다고 알려진 승려는 실상 과부와 잘 생각만 하는 보통 남성일 뿐이고, 점잖은 체하는 소경 점쟁이는 부인 몰래 미녀를 만날 생각에 사로잡혀 있다. 그러나 이들의 허영심과 우리의 허영심이 과연 다른 것일

까? 속는 사람은 악인이 아니라 허세를 부리는 보통 사람이니, 바보 이야기의 다음 주인공은 우리가 될지도 모를 일이다.

6장에는 신이한 이야기를 담았다. 도깨비와 귀신이 나오고, 귀신을 쫓는 사람과 운명을 읽는 점쟁이가 등장한다. 귀신은 사람과 함께 살고 싶어 하지만, 사람은 귀신을 쫓기 위해 온 힘을 다한다. 귀신의 짝사랑이 애달프게 그려진다. 담력이 큰 사람은 귀신을 내쫓고, 담력이 약한 사람은 귀신에 들리거나 병에 걸린다. 결국 귀신과 사람은 함께 살 수 없다. 그러나 귀신도 한때 사람이었고, 사람도 죽어서 귀신이 될지 모른다. 그렇게 보면 귀신과 사람은 같으면서도 다르고, 다르면서도 같은 존재다. 사람들이 무서워하면서도 귀신 이야기를 좋아하는 이유는, 자신과 같은 듯 다른 존재에 대한 호기심이 아닐까.

7장에는 우리나라의 문학, 음악, 미술, 풍속, 지리, 역사와 일본과 여진족의 풍속이 실렸다. 깊고 방대한 성현의 식견이 여실하게 드러난다. 특히 역사적 시각으로 역대 문인과 화가, 음악가를 비평하는 대목에서 그의 높은 안목이 빛을 발한다.

『용재총화』의 의의

『용재총화』를 통해 우리는 조선 초기 우리나라 문화가 성대하게 꽃피던 시기, 선비들과 백성들이 무엇에 웃고 울었는지, 어떤 꿈을 꾸고 무슨 재미로 살았으며, 무슨 이야기를 나누고 어떤 사랑을 했는지 소상히 알게 된다. 근엄하게 앉아 책만 들여다보고 있을 것 같던 선비들이 사실은 혀를 내두를 만큼 장난꾸러기였고, 예절과 규범에 갇혀 있을 것 같던 여성들 중에서도 그들의 욕구에 정직한 이가 있었다. 물론 범속한 이들이 근접할 수 없는 숭고한 절의와 용기를 보여 주는 위인도 많았고, 그들은 그 인품에 합당한 존경을 받았다. 백성들의 골계담은 주로 바보를 놀려 주는 이야기거나 바보들의 이야기로 이루어져 있다. 이들의 웃음은 냉소적이지 않고 따뜻하며, 쓸쓸하지 않고 유쾌하다. 귀신 이야기를 통해 우리는 마음을 담대하게 갖고 귀신을 대한다면 귀신에게 해를 입는 일은 없을 것이라는 당대 사람들의 생각을 알 수 있다. 마지막으로 우리나라 역사 이야기를 통해 음식 하나, 글자 하나, 춤사위 하나에도 깃들여 있는 선인들의 지혜와 마음을 알 수 있다.

성현 연보

작품 원제

찾아보기

성현 연보

본관은 창녕(昌寧), 자는 경숙(磬叔), 호는 용재(慵齋)·부휴자(浮休子)·허백당(虛白堂)·국오(菊塢), 시호는 문대(文戴)다.

1439년(세종 21), 1세	— 부친 성염조(成念祖, 1398~1450)와 모친 순흥 안씨(順興安氏)의 셋째 아들로 태어나다. 큰형은 성임(成任), 둘째 형은 성간(成侃)이다.
1444년(세종 26), 6세	— 성임과 성간을 따라 송도(松都: 개성)와 개경사(開慶寺)를 유람하다.
1447년(세종 29), 9세	— 부친, 성간과 함께 고적을 탐방하다.
1448년(세종 30), 10세	— 부친이 송도 유수(松都留守)로 부임하여 가족이 송도에 머물다.
1450년(세종 32), 12세	— 여름에 부친 성염조가 사망하다. 두 형과 함께 3년 동안 파주(지금의 문산汶山 내포리內浦里)에서 시묘(侍墓)하다.
1456년(세조 2), 18세	— 7월, 성간이 사망하다.
1459년(세조 5), 21세	— 진사시(進士試)에 급제하다.
1462년(세조 8), 24세	— 문과에 급제하다.
1464년(세조 10), 26세	— 경회루에서 치른 대책(對策)에서 3등으로 급제하다.
1466년(세조 12), 28세	— 발영시(拔英試)에서 3등으로 급제하여 지제교(知製敎)에 제수되다.
1469년(성종 즉위년), 31세	— 9월, 모친 안씨가 사망하다.
1470년(성종 1년), 32세	— 성임과 함께 풍덕(豊德) 경천사(敬天寺)에서 독서하다.
1472년(성종 3), 34세	— 성임을 따라 북경(北京)에 다녀오다. 사행 도중 지은 기행시를 모아 『관광록』(觀光錄)을 편찬하다.
1475년(성종 6), 37세	— 한명회(韓明澮)를 수행하여 북경에 사신으로 가다. 10월, 음악적 자질을 높이 평가받아 장악원(掌樂院) 첨정(僉正)을 겸직하다. 성종의 명을 받아 박효원(朴孝元), 김지(金漬), 채수(蔡壽) 등과 함께 장악원에서 음악을 익히다.
1476년(성종 7), 38세	— 4월, 중시(重試)에 급제하여 승문원(承文院) 참교(參校)가 되다.
1477년(성종 8), 39세	— 3월, 채수·허침(許琛)·조위(曹偉)·안침(安琛) 등과 개성을

유람하다.

1478년(성종 9년), 40세 ― 여덟 조항의 나라를 다스리는 방법을 성종에게 올리자, 성종이 이에 포상을 내리다.

1479년(성종 10년), 41세 ― 5월, 사간원(司諫院) 대사간(大司諫) 겸 성균관(成均館) 대사성(大司成)이 되다. 6월, 연산군의 생모 윤씨를 폐할 것을 상소하다.

1480년(성종 11년), 42세 ― 동부승지(同副承旨) 겸 도사선위사(都司宣慰使)가 되어 중국 사신을 영접하다.

1481년(성종 12년), 43세 ― 4월, 친척을 임용한 일로 죄를 얻어 파직당하다. 11월, 채수·이소(李紹)와 함께 관동 지방을 유람하다. 직첩을 돌려받다.

1483년(성종 14년), 45세 ― 강원도 관찰사에 임명되다. 『풍소궤범』(風騷軌範)을 편찬하다.

1484년(성종 15년), 46세 ― 8월, 성임이 사망하다.

485년(성종 16), 47세 ― 채수·김종직(金宗直)과 함께 『동국여지승람』을 교정하다. 4월, 천추사(千秋使)로 북경에 다녀오다.

1486년(성종 17), 48세 ― 평안도 관찰사 겸 평양 부윤이 되다.

1488년(성종 19), 50세 ― 2월, 명나라 사신 동월(董越)과 왕창(王敞)을 영접하다. 접대 연회에서 시재(詩才)를 겨루어 그들을 탄복하게 하다. 7월, 사은사(謝恩使)가 되어 북경에 다녀오다.

1490년(성종 21), 52세 ― 1월, 성종의 명령을 받아 어세겸(魚世謙)과 함께 쌍화곡(雙花曲), 이상곡(履霜曲), 북전가(北殿歌) 등의 고려가요를 개사하다.

1493년(성종 24), 55세 ― 윤5월, 사헌부 대사헌이 되다. 7월, 경상도 관찰사에 제수되다. 8월, 조정에 성현보다 음률에 뛰어난 자가 없다는 이유로 외직(外職)에서 경직(京職)으로 변경되어 예조판서에 제수되다. 8월, 『악학궤범』(樂學軌範)을 편찬하다.

1494년(성종 25), 56세 ― 12월, 성종이 승하하자 빈전도감(殯殿都監) 제조(提調) 임무를 띠고 상례(喪禮)를 관장하다.

1495년(연산군 1년), 57세 ― 4월, 『성종실록』(成宗實錄) 편찬에 참여하다.

1497년(연산 3년), 60세	― 한성부 판윤(判尹)에 제수되다. 임사홍(任士洪)과 함께 『동국여지승람』을 증보하다.
1500년(연산 6), 62세	― 정월, 공조판서가 되다. 7월, 홍문관 대제학·예문관 대제학·성균관 춘추관사를 겸임하며 문형(文衡)을 관장하다. 『역대명감』(歷代名鑑)을 찬진(撰進)하다. 12월, 『역대제왕시문잡저』(歷代帝王詩文雜著)를 찬진하다.
1501년(연산 7), 63세	― 신병이 생기다. 연산군(燕山君)이 의원을 보내 치료하게 하고 약을 내리나 차도가 없다.
1502년(연산 8), 64세	― 정월, 연산군이 의약과 음식을 하사한 데 대해 『사은전』(謝恩箋)을 지어 올리다. 4월, 『속자치통감강목』(續資治通鑑綱目)·『통감집람』(通鑑集覽)을 인간(印刊)할 것을 아뢰다. 5월, 관상감 제조를 겸임하다.
1504년(연산 10), 66세	― 정월 19일, 별세하다. 장례를 간소히 하고 비석을 세우지 말라는 유서를 남기다. 연산군이 예관(禮官)을 보내어 제사를 지내도록 명을 내리다. 10월, 갑자사화(甲子士禍)가 일어나다. 12월, 생전에 연산군의 생모 윤씨를 폐하는 상소를 올린 일로 부관참시(剖棺斬屍)되다.
1506년(중종 1)	― 9월, 중종반정 이후 신원되고 숭정대부(崇政大夫) 의정부(議政府) 좌찬성(左贊成)에 증직되다. '문대'(文戴)라는 시호를 받다. 중종이 예관을 보내 무덤을 이장(移葬)하여 제사 지내게 하다.
1511년(중종 6)	― 중종의 명으로 유고가 간행되다.
1655년(효종 6)	― 3월, 『악학궤범』이 중간(重刊)되다.
1842년(헌종 8)	― 문집인 『허백당집』(虛白堂集)이 중간(重刊)되다.

작품 원제

작품의 원제가 없어 각 작품별로 박홍식(朴洪植) 외 3인 교감·표점,『慵齋叢話』(학민문화
사, 2000)의 권수와 위치 및 첫 구절을 표시했다. (예: 5-11은 권 5의 11번째 작품)

안생의 사랑

· 안생의 사랑: 5-11, 有安生者
· 원나라 여인의 절개: 3-12, 高麗王
· 충선왕의 연꽃 한 송이: 3-13. 忠宣王
· 첫눈에 반한 이 장군: 5-7, 有將軍姓李者
· 김생과 대중래의 연분: 5-24, 金斯文鲁奉使嶺南
· 함부림과 전주 기생: 8-9, 咸東原
· 눈이 부은 박생: 7-36, 乙巳歲朴生
· 홀아비 두 정씨: 6-26, 有士人鄭某

어우동

· 어우동: 5-23, 於宇同者
· 희극 배우 영태: 3-2, 高麗將仕郎永泰
· 피리와 박연의 인연: 8-27, 朴大提學堧
· 박이창의 자살: 4-7, 朴參判以昌
· 만사 대범 홍일동: 4-12, 洪中樞日休
· 뭐든지 '님' 자를 붙인 자비승: 7-12, 有慈悲僧者
· 고기 먹는 승려 신수: 6-22, 有僧信修者
· 매사냥을 좋아한 안원: 3-28, 安留後瑗

말 도둑질 장난

· 말 도둑질 장난: 2-34, 余少時與放翁
· 강원도 여행: 8-31, 辛丑年耆之馨叔
· 다섯 마리의 뱀 꿈: 6-34, 魚咸從

245

· 벌레가 담긴 편지: 8-21, 昔出於南海者

· 꼴찌 놀리기: 7-26, 世宗設拔英試

· 성균관 유생의 풍자시: 6-3, 泮宮

· 부원군과 녹사: 5-8, 驪興府院君閔公

· 임금을 몰라본 최지: 4-27, 崔司成池

· 장원 급제: 2-14, 崔勢遠嘗言

· 윤통의 속임수: 5-25, 尹斯文統

· 자운아의 품평: 6-33, 孫永叔爲吏曹正郎

호랑이 쫓은 강감찬

· 호랑이 쫓은 강감찬: 3-1, 高麗侍中姜邯贊

· 최영의 붉은 무덤: 3-8, 崔鐵城瑩

· 이방실 남매의 용맹: 3-3, 高麗元帥李芳實

· 하경복의 죽을 고비: 3-31, 河宰臣敬復

· 강릉을 지킨 이옥: 3-30, 李沃

· 박안신의 배포: 3-24, 孟左相爲大司憲

· 너그러운 황희 정승: 3-19, 黃翼成公

· 강직한 선비 정갑손: 4-3, 鄭貞節公

· 정몽주의 절개: 3-9, 圃隱

· 김수온의 문장: 4-20, 金文平公

바보 사위

· 바보 사위: 5-6, 昔有士人迎壻

· 점쟁이 따라 하기: 5-2, 昔有人

· 바보 형과 영리한 동생: 5-3, 昔有兄弟二人

· 세 친구의 내기: 5-1, 昔有靑州人

· 소경과 유생: 5-12, 京中有明通寺

· 세상에서 가장 기이한 광경: 5-13, 昔有一盲居開城

246

- 미녀와 추녀: 5-14, 又有一盲

- 상좌의 스승 속이기 1: 5-4, 上座誣師僧

- 상좌의 스승 속이기 2: 5-5, 又有上座

- 물 건너는 중 꼬락서니: 5-5, 有僧媒寡婦

귀신 나오는 집

- 귀신 나오는 집: 4-29, 吾隣有奇宰樞

- 귀신 쫓은 우리 외할아버지: 3-34, 我外舅安公

- 뱀이 된 승려: 5-9, 我外舅安公

- 외갓집 귀신: 3-36, 我外姑鄭氏

- 귀신의 장난: 3-37, 今有空中唱聲

- 귀신이 된 고모님: 4-30, 又有李斯文杜

- 비구니의 복수: 4-8, 洪宰樞

- 도깨비불에 놀란 외삼촌: 3-35, 外叔安府尹

- 이름난 점쟁이들: 8-16, 我國命課類

- 무덤을 파헤친 벌: 8-30, 權姓宰樞

- 도깨비와의 눈싸움: 8-13, 余少時

불꽃놀이

- 불꽃놀이: 1-11, 觀火之禮

- 처용놀이: 1-10, 處容之戲

- 정월대보름 약밥: 2-9, 新羅王

- 우리나라 명절: 2-9, 歲時名日

- 서울의 명소: 1-8, 漢都城中

- 우리나라 음악가: 1-5, 音樂

- 우리나라 화가: 1-4, 描寫物像

- 우리나라 문장가: 1-2, 我國文章

- 세종의 한글 창제: 7-22, 世宗設諺文廳

· 일본의 풍속: 10-26, 日本國
· 북방 여진족의 풍속: 10-27, 野人

찾아보기

| ㄱ |

가시나무 203

가평관(嘉平館) 44

간성(杆成) 88

감나무 160

강감찬(姜邯贊) 117~119

강릉부(江陵府) 127

강희맹(姜希孟) 94, 95, 208, 219

강희안(姜希顏) 216

개성(開城) 76, 154

개오동나무 143, 144

개운포(開雲浦) 198, 200

경상도(慶尙道) 38, 105

〈경운도〉(耕雲圖) 216

경주(慶州) 33, 108, 198

경회루(慶會樓) 101, 102

계림제(鷄林第) 207

계유정난(癸酉靖難) 63

고구려 211

고려 24~28, 60, 120~122, 124, 133, 200, 205

고산사(高山寺) 209

고성군(高城郡) 87

고양(高陽) 80, 121

고인(顧仁) 215

공민왕(恭愍王) 127, 215

관동(關東) 81, 88

관상감(觀象監) 203, 206

관서(關西) 86

관습도감(慣習都監) 63

관음찬(觀音贊) 200

교서관(校書館) 98

구종직(丘從直) 137, 139

군기시(軍器寺) 195, 197

굴원(屈原) 61

권근(權近) 218

권미(權美) 212

권우(權遇) 133, 134

규슈(九州) 221

금강산 70

금관가야(金官伽倻) 211

금성(金城) 81

금화현(金化縣) 81

기낭중(祈郎中)→기순(祈順)

기순(祈順) 138

기유(奇裕) 169, 170

김간(金澗) 92, 93

김계창(金季昌) 94

김관(金瓘) 103

김뉴(金紐) 208

김대정(金大丁) 212

김도치(金都致) 214

김복근(金福根) 213

김복산(金卜山) 213

김부식(金富軾) 217

김서(金瑞) 216

김소재(金小材) 214

김수녕(金壽寧) 219

김수온(金守溫) 68, 94, 112, 135~139, 218, 219

김숙중(金叔重) 186, 187, 189

김순명(金順命) 89

김승경(金升卿) 89

김신번(金臣番) 212

김예몽(金禮蒙) 137

김자려(金自麗) 212

김종직(金宗直) 33~35

김포(金浦) 80

김학루(金鶴樓) 186

김해(金海) 34

김효남(金孝男) 216

김효순(金孝順) 188

| ㄴ |

나주(羅州) 110, 111, 113

낙산사(洛山寺) 88

남급(南汲) 216

남원(南原) 52

남해 92

노공필(盧公弼) 44, 51, 111, 212

노국대장공주(魯國大長公主) 215

노사신(盧思愼) 94, 95, 113

노회신(盧懷愼) 187, 189

「논어」(論語) 223

능금나무 79

| ㄷ |

닥나무 177

달천교(獺川橋) 44

답청절(踏靑節) 204, 206

당나라 211, 217~219

대나무 37, 200

「대장경」(大藏經) 223

대중래(待重來) 33~38

도선길(都善吉) 211, 212

도화서(圖畵署) 215, 216

동동(動動) 199

동해 87, 127

| ㅁ |

마고(痲姑) 211, 214

말비(末非) 48~50

말산(末山) 49

망호당(望湖堂) 34

매생이 92, 93

매화 38

맹사성(孟思誠) 128, 129

「명경수」(明鏡數) 179

명통사(明通寺) 152, 153

명효(明孝) 45~48

모화관(慕華館) 209, 210

목멱산(木覓山) 209

무이정사(武夷精舍) 210

물푸레나무 147

민제(閔霽) 99, 100

밀양(密陽) 33~36, 38

| ㅂ |

박건(朴楗) 94, 95

박안신(朴安臣) 64, 128, 129

박연(朴堧) 62, 63

박운손(朴雲孫) 187

박이창(朴以昌) 64~66

박팽년(朴彭年) 218

박효원(朴孝元) 212, 214

반고(班固) 219

밤나무 209

방강(方綱) 98

배련(裵連) 216

백운동(白雲洞) 207, 208

백제 211

백종(百種) 205

『법화경』(法華經) 223

벽동선(碧洞仙) 45, 47

변계량(卞季良) 218

보광사(普光寺) 174

보허자(步虛子) 199, 200

복사나무 130, 173, 203

복세암(福世庵) 207

봉화봉(烽火峯) 87

봉황음(鳳凰吟) 198, 200

부처바위 209

북경(北京) 24, 41, 49, 66~68

북전곡(北殿曲) 199, 200

불국사 33

|ㅅ|

사정전(思政殿) 94, 95, 131

사제동(沙堤洞) 29

삼각산 208

삼일포(三日浦) 87

삼청동(三淸洞) 207, 210

『삼체시』(三體詩) 223

상림춘(上林春) 213

상수리나무 123

상주(尙州) 38, 64

서거정(徐居正) 94, 218, 219

서산동(西山洞) 210

서울→한양

서원(瑞原)→파주(坡州)

서익성(徐益成) 214

서현정(序賢亭) 101, 102

〈석가출산상〉(釋迦出山像) 215, 216

석령(石齡) 216

성간(成侃) 187, 189

성균관(成均館) 19, 89, 90, 96, 98, 102,
    103, 112, 135, 139, 208

성룡(成龍) 41, 46, 47

성삼문(成三問) 218~220

성석린(成石璘) 129

성염조(成念祖) 187

성임(成任) 94, 95, 187~189, 209, 211,
    219

성종(成宗) 59, 98, 113, 181, 188, 189,
    212, 214

성현(成俔) 41, 70~72, 79~83, 85~87,
    92, 93, 169, 178, 187, 191, 211~213,
    215

세조(世祖) 23, 67, 68, 94, 95, 101, 102,
    104, 109, 136, 139, 180, 198, 214

『세조실록』(世祖實錄) 180, 219

세종(世宗) 63, 132, 139, 189, 198, 212,
    213, 218, 220

소격서(昭格署) 207, 210

소나무 82, 196, 207, 209

속개동(俗開洞) 210

손비장(孫比長) 110~113

송나라 200, 218, 219, 223

송원창(宋元昌) 98

송전수(宋田守) 211, 212

송태평(宋太平) 211

수강궁(壽康宮) 22

숙녕관(肅寧館) 42, 51

숙천(肅川) 42, 43, 51

순안(順安) 42

숭례문 92

승문원(承文院) 57

승선대(承宣臺) 87, 88

승천부(昇天府) 76

시무나무 158, 159

신라 198, 200, 201, 211

신방곡(神房曲) 199

신수(信修) 71, 72, 74

신숙주(申叔舟) 135, 218, 220

신안관(新安館) 66

신안역(新案驛) 85

싸리나무 67

쌍계동(雙溪洞) 208

쓰시마슈(對馬州) 221

| ㅇ |

안견(安堅) 215, 216

안경(安璟) 184, 185

안공(安公)→안종약(安從約)

안국진(安國珍) 87

안귀생(安貴生) 216

안양사(安養寺) 210

안원(安瑗) 75, 76

안종약(安從約) 171~175, 191

안주(安州) 43

안침(安琛) 212

안효례(安孝禮) 179, 180

양성지(梁誠之) 94

양양(襄陽) 88

양주(楊洲) 176

양화도(楊花渡) 138

어세겸(魚世謙) 89~91

어세공(魚世恭) 89

어우동(於于同) 57~59

언문청(諺文廳) 220

〈여인도〉(麗人圖) 216

여제단(厲祭壇) 208, 210

여진족 224, 226

여흥부원군(驪興府院君)→민제(閔霽)

연경(燕京)→북경(北京)

연굴(演窟) 207

연꽃 27, 199

연등절(燃燈節) 204

『연화경』(蓮花經) 70

연화대(蓮花臺) 199

염흥방(廉興邦) 121

영남(嶺南) 33, 105

영남루(嶺南樓) 33, 35, 38

영동(永同) 62

영산부원군(永山府院君)→김수온(金守溫)

영산회상 불보살(靈山會相佛菩薩) 198~
   200

영순군(永順君)→이부(李溥)

영안도(永安道) 81, 82, 85, 88, 224

영태(永泰) 60, 61

예문관(藝文館) 66, 98

오대산 70

오신손(吳信孫) 216

옻나무 181

외삼촌→안경(安璟)

요동(遼東) 49

용연(龍淵) 60, 61

우란분(盂蘭盆) 205, 206

우봉현(牛峯縣) 179, 180

원나라 24, 27, 28, 218, 219

원석(元夕) 204

원양(原壤) 101, 102

유계량(柳繼良) 170

유두(流頭) 205

유성원(柳誠源) 218

유조(兪造) 90, 91

유진(兪鎭) 97

유천역(楡川驛) 38

육유(陸游) 219

윤자영(尹子濚) 34, 35, 94, 95

윤통(尹統) 105~109

윤평(尹泙) 215

의금부(義禁府) 59

의주(義州) 48, 50

이개(李塏) 218

이곡(李穀) 217

이관의(李寬義) 188, 190

이규보(李奎報) 217

이극돈(李克墩) 89, 90

이극증(李克增) 89, 90

이난(李灡) 58

이동(李仝) 57

이두(李杜) 181

이륙(李陸) 44, 51, 79, 80

이마지(李亇知) 212, 213

이반(李班) 212

이방실(李芳實) 122~124

이병규(李丙奎) 97

이부(李溥) 137, 139

이삼로(李三老) 113

이색(李穡) 217, 218

이석형(李石亨) 218

이소(李紹) 81, 82, 85~88

이숭인(李崇仁) 217

이승련(李勝連) 214

이승소(李承召) 219

이언(李堰) 39, 40

이염의(李念義) 208

이영은(李永垠) 94

이예(李芮) 94

이옥(李沃) 127

이원(梨園)→장악원(掌樂院)

이인로(李仁老) 217

이장손(李長孫) 216

이제현(李齊賢) 27, 28, 198, 217

이창신(李昌臣) 139

이첨(李詹) 75, 76

이춘부(李春富) 127

이키슈(一歧州) 221

인왕동(仁王洞) 207

인왕산 207
일본국 221, 223
임견미(林堅味) 121
임반관(林畔館) 50, 51
임사홍(任士洪) 212
임수겸(林守謙) 96, 97
임원준(任元濬) 94
임진강 75
임천(林川) 171, 174
임춘(林椿) 217

| ㅈ |

자비승(慈悲僧) 69, 70
자운아(紫雲兒) 110, 111, 113
『자치통감강목』(資治通鑑綱目) 76
작은형→성간(成侃)
장득운(張得雲) 179, 180
장악원(掌樂院) 62
장의문(藏義門) 208
장의사(藏義寺) 208
장춘(張春) 212
전라도 110
전생서(典牲署) 191
전주(全州) 39, 111
정갑손(鄭甲孫) 131, 132
정구(鄭矩) 177, 178
정도전(鄭道傳) 126
정몽주(鄭夢周) 133, 134, 217
정문창(鄭文昌) 111, 112
정범(鄭凡) 213
정부(鄭符) 177, 178

정옥경(鄭玉京) 213
정인지(鄭麟趾) 23, 112
정주(定州) 44, 66
정지상(鄭知常) 217
조근(趙瑾) 111
조대림(趙大臨) 128, 129
조반(趙胖) 24~26
조원경(趙元卿) 97
조회(趙恢) 79, 80
종약산(種藥山) 209
중대원(中臺院) 87
중흥동(中興洞) 210
진(眞) 186
진감(陳鑑) 138
진관동(津寬洞) 210
진달래 207
진사산(秦四山) 216
진한림(陳翰林)→진감(陳鑑)
집현전(集賢殿) 218, 219

| ㅊ |

차일암(遮日巖) 208
창경궁(昌慶宮) 22, 200
창덕궁(昌德宮) 200
창도역(昌道驛) 85
창포(菖蒲) 205
채수(蔡壽) 81~84, 86, 87, 112, 113, 212
처용(處容) 198~200, 203
천천정(天泉亭) 201, 202
청량동(淸凉洞) 210
〈청산백운도〉(靑山白雲圖) 215

〈청천강〉(菁川江) 216

청학동(靑鶴洞) 207, 208

〈청학동〉(靑鶴洞) 216

초요경(楚腰輕) 103, 104

최경(崔涇) 215, 216

최부(崔府) 131, 132

최숙창(崔叔昌) 216

최영(崔瑩) 120, 121

최저(崔渚) 216

최지(崔池) 101, 102

최치원(崔致遠) 217

최항(崔恒) 218

최호(崔灝) 103

추령(楸嶺) 87

충선왕(忠宣王) 27, 28

충혜왕(忠惠王) 61

| ㅋ·ㅌ·ㅍ |

큰형/큰형님 → 성임(成任)

태조(太祖) 120, 126

태종(太宗) 100, 125, 126, 129, 170

통천(通川) 87

파주(坡州) 71, 72, 80, 172, 184

파주부원군(坡州府院君) → 노사신(盧思愼)

평안도(平安道) 66, 86, 224, 227

평양(平壤) 38, 41, 48

평양군(平壤君) → 조대림(趙大臨)

포천(抱川) 81

풍양사(豊壤寺) 210

| ㅎ |

하경복(河敬復) 125, 126

하동부원군(河東府院君) → 정인지(鄭麟趾)

하연(河演) 131, 132

하연대(下輦臺) 137, 139

하위지(河緯地) 218

한양 19, 22, 35, 38, 62, 69, 75, 84, 87,
    88, 108, 110, 111, 117, 118, 145, 152,
    153, 181, 205, 207, 209, 210, 224, 232

한유(韓愈) 219

함부림(咸傅霖) 39, 40

허오(許吾) 213

헌강왕(憲康王) 198

호남(湖南) 39, 111

홍경손(洪敬孫) 96, 97

홍귀달(洪貴達) 112

『홍무정운』(洪武正韻) 220

홍문관(弘文館) 98

홍응(洪應) 94

홍일동(洪逸童) 67, 68

홍자심(洪子深) 87

홍제원(洪濟院) 209, 210

홍천기(洪天起) 216

화조(花朝) 204

화천현(和川縣) 86

황귀존(黃貴存) 213

황해도 122, 180

황희(黃喜) 130

홰나무 79, 139, 205

회양(淮陽) 86, 88

흥덕사(興德寺) 215